疯人演绎法

LUNATIC DEDUCTION

完结篇

方洋 著

天津出版传媒集团
天津人民出版社

CONTENTS

引子 001

第一个案例 虚假的世界 003

第二个案例 水箱中的女人 033

第三个案例 烟囱里的少女 065

第四个案例 沉默的罂粟花 081

第五个案例 消失的妻子 099

目录

第六个案例 人性的考验(起)
——别墅之殇案 /17

第七个案例 人性的考验(承)
——游戏的预告 /33

第八个案例 人性的考验(转)
——量子会四灾 /47

第九个案例 人性的考验(合)
——空中自杀案 /83

第十个案例 爱丽丝疑案 211

也许魔鬼真的悄悄地隐藏在人间，

藏匿在某些行尸走肉般的躯壳之下。

我做了一个漫长的梦，在这场梦里，

黄朗死死地用身体护着我，随后在火焰中汽化。

这场梦不断地循环往复，

宛如炼狱一般，直到我醒来。

与魔鬼博弈，战胜它，黑暗必然消散；

与天使结伴，拥抱她，光明必将降临。

本书部分内容取材自真实案件，

但故事纯属虚构，

切勿对号入座。

引 子

从陈峰的第二本刑侦笔记来看，罗谦辰在监狱中协助警方破案的第二年，陈峰依旧不知道罗谦辰是省公安厅厅长和王国伟局长安插在监狱中的线人。

他也并不知道罗谦辰没有杀妻。

那么罗谦辰的身份究竟是何时向陈峰揭晓的呢？

或者说，陈峰早已经知道真相，只是出于保密的义务和责任，并没有在刑侦笔记中记录下来？

我觉得颇有这种可能！

另外，为什么省公安厅一定要将罗谦辰安插在监狱中做警方的内应呢？难道说，监狱里隐藏着什么不为人知的秘密？

警方一直在调查一个神秘的犯罪组织，而这个组织正要对我方不利……这个组织就是量子会吗？难不成，量子会的某个重要成员就在监狱中服刑，而罗谦辰作为线人的作用，就是以囚犯的身份去接近此人吗？

这一切都是我的猜测。

在疑惑中，我翻开了陈峰刑侦笔记的第三卷……

第一个案例

虚假的世界

第一个案例
虚假的世界

冬季还在持续，临近二月，快过年了，城市下起了暴雪。似乎这两年的冬天总在下雪，而每当下雪，就意味着罪恶正在酝酿，隐藏在人内心的那头最黑暗的野兽正在蠢蠢欲动，如同野狼在雪原中寻找自己的猎物。

谁会成为下一个受害者?

那天上午，我独自一人坐在办公室里，一边喝茶一边翻阅着卷宗，办公桌上的电话铃声急促地响了起来。

我接起电话，很快放下，而后快步走出办公室，叫上黄朗，驱车赶往案发现场。

警车在雪地中行进得很艰难，市政融雪的速度远远赶不上地面积雪的速度。黄朗开着车，我坐在副驾驶位上。一路上，我俩都沉默着，因为负责维护现场的同事已经在电话中描述了凶手的残忍。

40 分钟后，我们终于来到案发现场。这里是一片郊外的荒地，我目测，雪在野草地上积了近 30 厘米深。这么厚的积雪，或许在北方很常见，在东北更是不值一提，但在我们中部地带，还是十分罕见的。上次见到这么深的雪，是在多年前的中南部雪灾期间，当时暴雪连着下了一个月，没有停止和减弱的迹象。看着这次的降雪量不减当年，我甚至都怀疑，今年我们省怕是又要遭雪灾。

我们下了车，踏着厚厚的积雪，走到了荒地中央。由于地处郊外，并没有聚集太多围观群众。

同事已经在尸体周围拉起了警戒带，我和黄朗亮出警官证，撩开警戒带走了进去，来到了尸体旁。

面对尸体，我倒吸了一口凉气。

死者是一名成年男性，他赤身裸体躺在雪地里，而他的颅骨被切开，大脑被人完整地取走了。

黄朗捂着口鼻道：“我去，这年头没脑子的人多了去了，没想到这回遇上个真没脑子的了。”

我提醒黄朗道：“老黄，别瞎调侃，严肃办案。”

黄朗深吸了一口气道：“老陈，我不是调侃，而是在思考这个凶手的行为动机。你说这凶手没事挖别人脑子干什么呢？这玩意儿又没办法移植，比不上心肝脾肺肾啥的，就是拿去卖器官也没人要啊！难不成这凶手不知道咱人类还没有移植大脑的技术，认为脑子这玩意儿在黑市上最值钱？啧，那可真是没脑子啊！”

我道：“可能凶手对死者极为仇恨，所以才会用挖人大脑的方式来泄愤吧。咱也别在这儿瞎猜了，你去把报案人给我叫过来。”

黄朗转身去询问负责维护现场的民警，不一会儿便走了回来。

黄朗道：“老陈，报案人就在你面前呢。”

我道：“什么？”

黄朗道：“是死者自己报的案。”

我感到极为震惊：“什么？死者自己……”

黄朗道：“是的，死者打的报警电话。”

经过一番了解，我得知，今天凌晨3点，接警中心的接警员突然接到一通电话，电话中的男人声音嘶哑，哭着道："快救救我！快救救我！有人要挖走我的脑子！"

还没等接警员进一步询问，电话便挂断了。而当接警员回拨电话时，再也无法打通。

接警员立即将这个情况反馈给了技术部的同事，由他们联络到移动公司。毕竟是凌晨3点，移动公司负责定位查询的技术人员已经下班，再加上当时能够进行定位查询操作的系统刚好处在维护升级且无法中断的状态，所以一直拖到了早上7点才锁定地点。

该辖区民警根据定位赶到这片荒地，便发现了这具尸体，而后通知了刑侦支队。

黄朗道："凌晨3点，死者报案，号码是死者自己的。也就是说，那时候他已经被凶手绑架。他趁凶手不注意，用自己的手机打电话报了警。可还没说两句，就被凶手发现，而后通话中断。"

我道："死者拨打报警电话的定位地点，刚好就是发现尸体的地点。也就是说，这里应该就是第一案发现场。"

黄朗指了指尸体周围的血迹道："很显然是这样的。尸体周围的雪地上，有大量喷溅型血迹，还有明显剧烈挣扎过的痕迹。所以可以确定，凶手是在这里直接对死者完成了活体切颅取脑手术。"

我仔细看了看现场痕迹，点了点头，认同黄朗的分析。

随后，尸体被送往市局法医鉴定中心。

由于案发地点前不着村后不着店，而且案发时间在凌晨，所以根本找不到目击者。再加上该处并没有监控设备，所以我们并没能获得更多关于凶手的线索。

下午6点，验尸结果出来了。

我和黄朗来到法医鉴定中心。在法医学解剖室的门口，我对黄朗说："待会儿态度诚恳一点儿，好好跟人姑娘道个歉，小芸也不是那种不讲理的人。"

黄朗一脸为难道："我……我……我做错什么了就道歉？都说了，是她非要我和她对练，这搏击过程中，伤筋动骨的，不是挺正常的吗？"

我一脸冷漠地看着他。

他叹了口气道："行行行，道歉道歉，都听你的，我一定好好跟人道个歉，行了吧？"

我点了点头，而后轻轻敲了敲法医学解剖室的门。

陈小芸一开门，黄朗便一脸谄媚地迎上去道："哎呀，陈大法医，之前是我做得不对，那天我就不该动真格的，我该给你放水……"

陈小芸瞪了他一眼，冷冷道："谁要你放水了？"

说罢，她便转身朝解剖台走去。

"欸，陈大法医，我是真心来跟你道歉的呀，我现在是痛改前非了，明知道你搏击水平稀烂，打不过我，整个人还弱不禁风的……"

我拍了拍黄朗的肩膀道："行啦行啦，老黄，你还是少说两句吧。"

黄朗不解地对我道："不是，不是你让我道歉的吗？我这态度还不够诚恳吗？"

我哭笑不得："你出去和中心别的同事交流交流。"

黄朗道："我跟他们交流什么啊？"

我道："我让你出去你就出去，这是命令！"

黄朗深吸了一口气道："行行行，我就不该来这儿。"说罢，黄朗便转身离开了解剖室。

我满脸尴尬地看着陈小芸道:“小芸，黄朗他——”

陈小芸打断我道:“陈队，我还是先给你讲解一下尸体的情况吧。”

我只好将准备替黄朗打圆场的话咽了回去，道:“好。”

陈小芸将盖住尸体的白布掀开，开始了讲解:“死者性别男，生理年龄25岁，身高172厘米。凶手利用锋利的切割工具，从死者眉毛以上2厘米处的额头进行环切，将死者的整个头盖骨切开，而后将死者的大脑完整剥离。死者的手脚均有被尼龙绳捆绑的痕迹，死者体内并未发现麻醉药物痕迹，也就是说，凶手将死者捆绑后，在死者完全清醒的状况下，对死者进行切颅。死亡时间为今天凌晨3点到5点之间。另外……”她说着，指了指尸体的颅骨内侧，“死者剩余的下半部分颅骨内侧，被刻上了一个等边三角形，边长3.1厘米，应该是凶手用刀具刻上去的记号。”

我道:“死者身体其他器官呢?”

陈小芸道:“全部完好。另外，凶手的切割手法非常专业，很有可能是一名经常给人做开颅手术的医生。”

我问:“指纹和DNA痕迹呢?”

陈小芸道:“现场并没有提取到可疑指纹，凶手肯定戴了手套，并且极有可能是外科手术手套，因为其他手套会影响操作。现场也没有找到可以提取凶手DNA的诸如血液、毛发、唾液之类的物证。”

物证及痕迹检验中心的同事将死者的大拇指指纹输入指纹数据库中，很快与死者办理二代身份证时录入的大拇指指纹匹配上了。

死者名叫马力，硕士研究生学历，在一家互联网公司当程序员。我们去了那家互联网公司后得知，马力已经在一个月前从该公司离职。

马力并非本市人，他一直在市中心租房居住。我们去了马力的出租屋，并且联系上了房东，在房东的帮助下，我们进入出租屋内。这是一个单人间，面积不超过 12 平方米，进门便能看到床，厕所用玻璃隔断，书桌靠着窗，上面放着一台笔记本电脑。整间屋子都很脏乱，格子衬衫、内裤、袜子扔得到处都是，地上几个饮料瓶东倒西歪，垃圾桶里装着没吃完的泡面。

我们检查了他的电脑，但是电脑被设置了密码，无法进入。随后，我们将他的电脑带回了市局，交给技术部的同事破解。

我们调取了出租屋外的道路监控，发现马力于昨天深夜 10 点出门，之后就再也没回来过。我们沿着他离开出租屋的路径，调取沿路监控。马力最后一次出现，是在该社区边缘的一个路口，在那里，他似乎接了一通电话，而后快步消失在了监控画面中。我们调取了周边的全部监控录像，再也没有发现马力的踪迹。

马力深夜 10 点出门，离开社区，是要去见什么人吗？那个人，会是凶手吗？还是说，他只是在深夜出门的过程中，突然被凶手劫持而后杀害？

我和黄朗在马力最后出现的那个路口调查起来，走访了周边的店家，询问当时的情况，但是他们均表示没有印象。

黄朗道："老陈，我感觉从这些商家嘴里也问不出个一二三来，每天这里来来往往的人多了去了，又是深夜 10 点多，下着大雪，没人会注意到马力这么个人。"

我道："我是这么想的：马力这几年一直租住在这个社区，这个路口就在社区外，马力应该经常在这个路口购物、吃饭之类的。总会有人对他有点印象。"

黄朗道："马力一看就和大多数程序员一样，是个'死宅'，平常应该没什么交际，吃饭也多半是点外卖，这儿附近的商家不认识这么个人也很正常……哎呀，这查来查去的，我肚子都饿了，不如咱找个地儿坐下来，边吃边分析，别老在雪地里站着啊，这天寒地冻的。”

随后，我们在那个路口附近找了家烧烤店坐下，点了一些羊肉串、烤鱼、毛豆之类的。

黄朗道：“欸，老陈，要不来点酒？”

我道：“查案呢，条例规定，不能喝酒。”

黄朗道：“啧，这都半夜 12 点了，今天该查的也都查了，我们现在算是下班时间，喝点酒不违规。”

我道：“那也不行！”

黄朗道：“不是，太冷了老陈，我想喝点酒，暖暖身子。”

我放松了原则：“行吧，允许你喝一瓶啤酒。”

黄朗笑道：“好嘞！”他转身冲着柜台：“老板，来瓶‘勇闯天涯’！”

我们一边撸串，一边聊着案子。黄朗就着毛豆和烤鱼，咕咚咕咚没几下就把一瓶啤酒喝完了。这时，店老板走了过来，对我们说：“二位是负责调查马力那个案子的警察吧？”

我们警惕地看着他。

黄朗冲着老板道：“我们还没公布被害人姓名呢，你是怎么知道被害人叫马力的？”

黄朗说着，一把将店老板抓住，一个擒拿手，将老板摁在了墙上。

周围的顾客全都慌乱起来。

我亮出警官证，冲着围观群众扫了一圈道：“没事儿没事儿，警察办案，例行问话，大家接着吃，接着吃。”

店老板慌张道：“领导，领导，您这是干吗呀？”

黄朗语气凶狠道："说！你是怎么知道被害人姓名的？"

店老板道："哎呀，我看了新闻。"

黄朗道："新闻里可没说死者身份。"

店老板道："哎呀，我认识马力，新闻照片虽然打了码，但是微博上的无码照到处都是，我一看就知道那是马力，他经常来我们店吃烧烤，我跟他就认识了。"

我问："他一般几个人来这里吃烧烤？通常是在什么时间？"

店老板道："他一般都是一个人，每次都是晚上来，9点多钟吧。他是程序员，我猜他也就是那个时候下班。"

我问："他最后一次来是什么时候？"

店老板道："我想想啊……好像是上个星期六吧，哎呀，柜台有他的支付宝消费记录，我可以调出来给你们看。"

我们调取了消费记录，记录显示，马力于上周六的晚上9点半在这家烧烤店有过一笔200元的消费。

我们顺便调取了柜台监控，确认消费者正是马力。

我问："马力那天有什么异常吗？"

店老板道："他一个月前不是失业了吗？上周六，他来店里消费，看上去很高兴，我问他：'什么事儿这么高兴啊？'他说他找到新工作了。"

我问："他有说是什么工作吗？"

店老板道："他说是一家游戏公司，那家公司正在初创阶段。"

我道："马力在一家巨头公司工作了这么多年，为什么会去一家创业公司？那家公司给他开的条件很高？"

店老板道："我当时也好奇啊，就和他聊了起来。因为我平常也喜欢打打游戏嘛。他说是那家公司的项目特别吸引他，他说那家公司准备做一款类似于*GTA*[①]的游戏。”

我道：“*GTA*……”

黄朗道：“我玩过，是一款美国的沙盒类游戏，游戏场景高度仿真现实中的美国大都市，玩家扮演的游戏角色可以在游戏中自由行动。游戏里有天气系统，晴天、雨天、白天、黑夜，甚至还有雷暴和台风。总之，整个游戏模拟得和现实世界一模一样。”

我道：“看来这个案子的突破口已经有了，我们可以查一查本市所有的游戏公司，尤其是处在初创阶段的公司的注册信息，一个一个找，应该能找到马力所说的是哪家公司。”

就在这时，我的手机铃声急促地响了起来。

我接起电话，电话那头传来的消息令我浑身发麻。

黄朗问：“老陈，怎么了？”

我深吸了一口气道：“接警中心那边说，他们又接到一个电话，电话里传来了一个女人的声音，那个女人说：‘快救救我！快救救我！有人要挖走我的脑子！’而后电话就中断了，再也无法打通。”

技术部很快与移动公司联络上，这次，没有了服务器升级维护的突发情况，再加上我们早有准备，便以极快的速度确定了这通电话拨出时的地点定位。

这个地点，与第一名被害人遇害的那片荒地，直线距离只有3千米多。

我们循着定位，来到了郊外的一处山沟当中。由于山沟独特的地理环境，这里的雪可比外面深得多，警车根本开不进去，我们只能下

---

① *Grand Theft Auto*，是一款开放世界动作冒险的系列游戏。

车徒步进入山沟，而后开始在雪地里搜索。

山沟里可谓伸手不见五指，即便我们一整队 15 名警察用强光手电去照射，能见度依旧很低，这给搜索工作制造了不小的难度。

经过了一个多小时的搜索，“找到了！找到了！”只听到不远处黄朗大喊道。

我们一群人立马朝黄朗聚拢过去。

可是，一切都已经迟了，当我们发现这个年轻女人的时候，她的大脑已经被完整取走。

黄朗道：“根据血液痕迹来看，这个女人和之前那名男性被害人一样，是被凶手挟持到这里，活体取脑。”

他仔细看着尸体周围的脚印道：“这应该是凶手的脚印，山里下着雪，这次我们来得快，脚印还没有被大雪覆盖。看形状，凶手穿的是专门防滑用的雪地钉子鞋。”

我们在黄朗的带领下，沿着断断续续的脚印一路向前走。黄朗道：“这鞋印有两组，方向不同，一组进山沟，一组出山沟。进山沟的脚印很深，凶手当时明显是扛着重物的，那个重物就是死者；而出山沟的脚印，比较浅，是正常人行走的脚印深度。所以凶手是从这个方向进出的。”

我们沿着这个方向一路走出了山沟，来到了山沟外的公路上。公路的雪相对较浅，可以行车。我们看到了一道车辙。

黄朗道：“你们看，这道车辙很深，周围的雪包裹着泥土，向两侧呈现碎末式分散。明显是车子在这里停过，二次启动开出时，轮胎由于陷在雪地里，在原地打滑了好几轮才开出去而留下的痕迹。”

我看着车辙，点了点头道：“应该就是凶手的车没错。从车辙来看，这应该是一辆越野车。”

我们循着车辙向前追踪，可是雪下得太大，车辙被大雪覆盖，很快就在一个岔路口中断了。

被害人的尸体被运到了市局法医鉴定中心。

回到市局后，我到休息室里短暂地睡了几个小时。我做了一个噩梦，梦到自己躺在雪地里，一个长着牛角的魔鬼正在切我的头盖骨。

在脑子即将被取走的那一刻，我从睡梦中惊醒。

一旁，黄朗还在呼呼大睡，鼾声响亮。我再也睡不着了，回到自己办公室，就这么坐到了上午 9 点。

法医鉴定中心那边出结果了，我立马赶了过去。

法医学解剖室里，陈小芸忙了一晚上，看上去格外疲惫，整个身子都有些站不住了，她向我介绍起尸检情况：“死者性别女，生理年龄 28 岁。和那名男性死者一致，她在活着的时候，被人用切割工具进行了头盖骨环切，而后被取走了完整大脑。死者的死亡时间在今天凌晨的 3 点到 4 点之间。同样，她剩余的颅骨内侧也刻有等边三角形记号，经测量，边长为 3.1 厘米。”

接警中心接到女子的报警电话是在凌晨 2 点。我们查出定位是在 2 点 40 分。凌晨 3 点半，我们抵达现场。时间范围可以进一步缩小，死者的死亡时间是在凌晨 3 点到 3 点半之间，也就是说，如果我们早到半个小时，女子很可能就得救了。

我和陈小芸走出解剖室时，法医鉴定中心的一个同事指了指办公桌上的一碗热干面和奶茶说：“小芸姐，有人给你买了早餐。”

陈小芸感到很诧异：“谁给我买的？”

那个同事说：“哎呀，那人不让我说啊，我也不敢说啊，毕竟我打不过他。给你点提示，那人是咱警队最骁勇善战的那个猛男。”

陈小芸走向热干面，下面压了一张字条，上面写着三个潦草的大字“辛苦了”。陈小芸笑了笑，端起热干面愉快地吃了起来。我感觉那一刻，她浑身上下的疲惫都没有了。

我深吸了一口气，没想到同事口中的那个猛男，还有如此细心的一面，也不知道是受了谁的教导，似乎突然醒悟了。

我回到了刑侦支队的办公区域，休息室里，黄朗竟然还在呼呼大睡。我一把将他叫醒：“你怎么还在睡啊？对了，陈小芸让我谢谢你给她买的早餐，她说她原谅你了。”

黄朗竟一脸茫然：“早，早餐？什么早餐，我什么时候给她买早餐了？我一直在这里睡觉，哪儿有闲工夫给她买早餐？”

我陷入疑惑：“不是，你不是咱警队最骁勇善战的猛男吗？”

黄朗道：“我去，你有病吧，大上午的，又是早餐又是猛男的。”

很快，我便知道那个猛男是谁了。王国伟局长将我俩叫到了办公室，办公室里还坐着一个身高接近一米九的肌肉男。

王局向我们介绍道：“来，小陈、小黄，给你俩介绍一下。这位是新调过来我们市局特警支队担任队长的谢国豪同志，另外，他和我们局的陈小芸法医，是同一所警校毕业的同学。”

谢国豪对我俩道：“陈队、黄队，久仰二位大名，今后我们就是同事了，还请多多关照。”

黄朗道：“今天上午陈小芸那热干面是你买的？”

谢国豪点了点头：“黄队不愧是刑侦支队副队长，推理能力果然很强。我和小芸大学毕业后，就被分配到不同的城市工作，老同学现在成了同事，自然是要关心一下。”

黄朗冷笑了一声："关心？你不知道热干面得趁热吃吗？放久了芝麻酱都干了，那还能给人吃吗？"

谢国豪笑了笑道："多谢黄队提醒，我这刚从外地来，只知道你们这里的人喜欢吃热干面，不知道还有这种讲究，下次一定改进。"

黄朗道："行，你改进去吧。王局，我们手头上还有重要的案子要破，先忙去了。"

王局道："去吧去吧。"

随后，黄朗拉着我离开了局长办公室，回到了刑侦支队的办公区域。

黄朗在我办公室里直发牢骚道："新来的这个姓谢的，一来就给人陈小芸买早餐，明显动机不纯。"

我道："人也就是对老同学的一种关心，你想多了。"

黄朗道："我看人，一看一个准，这货肯定居心不良。"

我道："我说，他给陈小芸买个早餐而已，你怎么这么大反应啊？难不成，你喜欢陈法医？"

黄朗道："我喜欢她？她成天阴阳怪气的，我喜欢她干吗？"

我道："那不就行了吗？跟你又没什么关系。"

黄朗道："行行行，没关系没关系。我到交警队那儿调监控去，看看凌晨山沟那条公路的监控录像有没有拍下凶手的画面。"

随后，黄朗离开了我的办公室。我给自己倒了一杯茶，等待了片刻，物证及痕迹检验中心那边，终于在数据库中比对出了女性死者的身份。

死者名叫夏宁，在我市一家软件公司当程序员。

我圈出了共同点：两名死者全都是程序员。

那么第二名死者是不是也和那家打算制作出中国版 *GTA* 的游戏公司有关系呢？我们对全市所有的游戏公司进行了调查，并未发现任何一家公司有关于中国版 *GTA* 的项目。

我想到了那个人，现在有必要去寻求他的帮助了。于是，我向王局申请，并在当天下午来到监狱，见到了罗谦辰。

窗外下着鹅毛大雪，我和罗谦辰在会面室里，喝着热气腾腾的黑咖啡。罗谦辰一边呷着咖啡，一边望着窗外的雪景说："最近，我一直在思考一个问题。"

我问："什么问题？"

罗谦辰说："我们今天的会面，是被决定好的吗？"

我感到不解："什么意思？"

罗谦辰道："我应该认命吗？"

我道："那得看你信不信命。"

罗谦辰道："这是一个宿命论和决定论的话题。似乎每一个人在遇到倒霉的事情上，总会想到'认命'二字。生死有命，富贵在天，听天由命……这些都是多么古老的词语，却一直被今天的人广泛使用，你无法避免这个已经有了因的结果。"

我道："就像……蝴蝶效应？"

罗谦辰道："是的。这就如同蝴蝶效应。我们今天的每一个举动，都可能在影响着世界的变局，甚至我无意中的一个举动，可能拯救了世界，也可能会在多年以后毁灭这个世界。这个世界是一个有机的整体，每一个行为都有可能牵一发而动全身。"

我道："所以，我们只能认命？"

罗谦辰道："似乎的确如此，我们的每一个举动，都在宇宙大爆炸之初被决定了。这就是你参与了进程，却什么也无法改变的原因，因为最初的因，决定了后面一系列的果。是不是有种天命难违的感觉？其实人类如果能够掌握宇宙间全部的信息，就能捕捉到每一个进程的因，再由这些因分析出一系列的连锁反应，判断出未来要出现的结果，达到预知未来的目的。但不是更加绝望吗？这样你就知道自己什么时候死了，却什么也做不了，因为就连你预知未来这件事儿，都是被决定好的。"

我听得有些迷糊，似懂非懂，只好将卷宗从公文包里掏出来递给他："其实我今天来，是有案子要寻求你的帮助。这个案子中，两名死者相继被凶手挖走了大脑。"

罗谦辰仔细阅读卷宗，不一会儿，他对我说："你现在一定疑惑，凶手为什么要挖走被害人的大脑。"

我道："的确令人想不通。"

罗谦辰道："不知道你有没有注意到，两名被害人在报警求救的时候，说的话，是完全一致的。"

我看了看卷宗，的确是一致的，两名被害人都在电话里哭喊："快救救我！快救救我！有人要挖走我的脑子！"

罗谦辰道:"之所以完全一致，是因为这些话是凶手给他们准备的。"

我道："你的意思是说，是凶手让两名死者报警的？"

罗谦辰点了点头。

我问："可是凶手为什么要这么做？炫耀？向我们警方发起挑衅？"

罗谦辰道："或许他在玩一场游戏，这是他游戏的任务之一，他必须完成。"

我道："游戏？"

罗谦辰道："两名死者都是程序员，而第一名死者说过自己要去一家还处在创业阶段的游戏公司工作，我推测凶手正是那家所谓的游戏公司的负责人。”

我点了点头道：“是的，我们也是这么推测的。两名死者显然都接到了这家公司的招聘，而实际上这是一家皮包公司，凶手伪装成项目负责人与两名死者见面，在见面过程中将二人分别杀害。”

罗谦辰道：“凶手可能认为，我们这个世界，是一场游戏。”

我问：“为什么这么说？”

罗谦辰道：“凶手谎称自己的游戏公司正在开发一款中国版的*GTA*游戏，而*GTA*正是在游戏世界中模拟了现代化的真实世界。凶手应该患有妄想型精神分裂症，他妄想自己是这场游戏中的玩家，他需要完成指定的任务。‘快救救我！快救救我！有人要挖走我的脑子！’这句话就相当于一条游戏口令，只有说出这个口令，任务才能阶段性地完成。”

我问：“为什么一定是这样一条口令？”

罗谦辰道：“这应该和凶手的童年经历有关，在他幼年时期，这句话就深深地种植在了他的脑子里，以至于让他对这句话产生了偏执障碍。这句话反复地在他的脑子里出现，就如同一句口令，他相信这句口令是开启这个世界真理之门的钥匙。”

我听得有些云里雾里，只好问：“你能推测出凶手下一步的行动吗？”

罗谦辰道：“凶手依旧会在明天凌晨3点杀害第三名被害人，而第三名被害人的身份依旧是程序员。从卷宗材料上来看，第一案发现场和第二案发现场的定位点之间的精确直线距离，刚好是3.14千米。发现什么了吗？”

我道："3.14……你是想说圆周率？"

罗谦辰点了点头道："根据两年前破获的维特鲁威人案，以及去年破获矛盾的阶梯案的经验，我们可以对本案的凶手做出同理性分析。凶手对某些数字和结构存在强迫症的偏执型障碍。他是在按照圆周率的近似值 3.14 来确定案发地的距离，那么第三个地点，一定和前两个地点，在直线距离上分别保持 3.14 千米。也就是说，第三个地点会和前两个地点构成一个边长 3.14 千米的等边三角形结构，这也正对应了死者颅骨内侧的等边三角形记号。"

我道："不对，死者颅骨的等边三角形记号是 3.1 厘米。"

罗谦辰道："一般的尺子测不了那么精确，无法精确到 0.04 厘米，这点误差是很正常的。"

我恍然大悟。

罗谦辰道："等边三角形每个角均为 60°，有量角器吗？"

我道："呃……我帮你问问。"

罗谦辰道："量角器、地图、直尺，还有笔。"

随后，我向监狱方面要来了本市的地图，还有铅笔和直尺："很抱歉，没有量角器。"

罗谦辰道："算了，直接计算吧。目前能够和前两个案发现场构成等边三角形的地点，一共有两个。等边三角形的高的计算方式为$\sqrt{3}/2$边长，而已经确定的两点所构成的边，和存在可能性的两个新作案地点构成两个底边重合、顶角对称的等边三角形，即整体上构成了一个四边相等的平行四边形。此时，两个具备可能性的作案地点之间的长度，为两个等边三角形的高的长度。已知边长为 3.14，即可算出两个高的长度相加为$\sqrt{3}/2\times3.14\times2$，可计算出$\sqrt{3}$的约值为 1.7，所以，取

1.7来计算，即1.7×3.14=5.338。即两个具备可能性的作案地点之间的直线距离约为5.338千米。”

罗谦辰在地图上用铅笔标出了前两个作案地点，写上A点和B点。并且用直线将A、B两点相连，而后取这条AB直线的中点，向两侧作垂直线：“尺子没有那么精确，我就取5.4这个值。”

随后，他在地图上画了一条长度为5.4厘米的直线——这条线按照该地图的比例尺换算为实际长度5.4千米——垂直贯穿AB直线中点，以AB直线中点为端点，向两侧各延伸2.7千米，即确定了可能发生下一起凶案的两个地点。

罗谦辰在C点和D点画了两个圈——一个在东侧的树林，另一个在西侧的河畔。

我马不停蹄地回到市局，组织警力，安排布控事宜。这种级别的布控，自然少不了与特警队的协作。

谢国豪参加了我们的布控准备会议，黄朗明显与其有分歧。谢国豪认为，整个抓捕工作，应该由他全权指挥；而黄朗则认为，抓捕工作是刑侦支队的分内责任，应该由我和黄朗来全权指挥。

最后，我们达成共识：由我和黄朗负责指挥西侧河畔的布控工作，谢国豪负责东侧树林的布控工作。

由于是秘密布控，为避免打草惊蛇，所以人数不宜过多。我和黄朗这一队带了四名刑侦支队刑警和四名特警，谢国豪那一队也是如此。

当晚，雪势很大，我和黄朗带队，在河畔埋伏起来。由于天气寒冷，河面已经结冰。按照之前凶手的作案规律，凶手很有可能会挟持被害人在凌晨2点左右出现，而后强迫被害人报警，随后于凌晨3点将其杀害；也有可能会在凌晨3点出现，在强迫被害人报警后，直接将其杀害。

我们忍受着彻骨的寒冷，屏息凝神，一动不动地等待着。

大约凌晨 2 点 40 分的时候，对讲机响起——我们局所使用的警用对讲机，可以覆盖 10 千米以内的范围——传来了谢国豪的声音："嫌疑犯出现，嫌疑犯出现！"

我们立即转头上车，往东侧树林奔去。

当我们赶到树林时，谢国豪队已经将嫌疑犯拿下了。嫌疑犯是一名男性，看上去 20 来岁，怯生生的样子，似乎很害怕。

黄朗冲上去问："说！人质在哪儿？"

男人浑身发抖："人质？什么人质？我什么都不知道啊。"

黄朗怒喝道："你少给我装蒜！你又抓了一个人对不对？你到这里来，就是准备把那个人杀害，取走他的大脑！你见情况不对，提前把人藏了起来！说！人在哪儿，是死是活？！"

男人哭着道："我真不知道啊，我真不知道啊。"

我上前询问："那你这个点来这儿干吗？"

男人道："有人和我约好的，说让我来这儿帮他取个东西，他答应给我 1000 元钱，我就来了。"

我问："什么东西？"

男人道："我不知道啊，他没说。"

黄朗道："你连什么东西都不知道就来了？我劝你就是要编，也得编个可信一点的理由！"

男人道："我真没说谎，我真没说谎啊。我这不是欠了赌债，缺钱吗！"

就在这时，我的手机响了起来，电话那头传来接警员的声音："陈队，刚才我们又接到报警电话了，电话里，一个男人哭喊着：‘快救救我！快救救我！有人要挖走我的脑子！’”

我的心里咯噔一下：“糟了！”

黄朗道：“这整的是调虎离山计啊！”

我立马带队往回赶，当我们赶到西侧河畔时，便看到河对岸，一个黑衣人正在用切割机切割一名男子的头盖骨。

黄朗朝河对岸放了一枪，而后狂奔上了结冰的河面，我和谢国豪也全都带队冲上了河面。谢国豪一边跑一边冲着对讲机喊道：“狙击手准备，狙击手准备，选好角度，将凶手狙杀！”

可这时，黑衣人已经取走了男人的大脑，转身消失在了河对岸的树林里。

车是自然不能开上冰面的，保不齐就会导致冰面坍塌，我们只能徒步去追。

冰面打滑，此时，我们感觉这条河格外宽。就在我即将到达对岸的时候，突然感觉自己脚下的冰面传来了碎裂声，紧接着便是脚底一软，整个冰面都坍塌了下去，我整个人也随之跌入了冰冷刺骨的河水中。

“老陈！老陈！”

我只听到了黄朗的呼喊声，随后，便没入了冰河里，我身体的热量瞬间流逝，冰水穿过我的口鼻，贯彻肺腑，一瞬间我失去了全部意识。

这是我最接近死亡的时刻，我感觉自己仿佛进入了濒死世界之中。

当我醒来时，已经在医院的病床上，黄朗在一旁守着我。

他见我睁开眼，惊喜道：“你终于醒了！你知不知道，你昏迷了三天，足足三天，担心死我了，我还以为你要见阎王爷去了呢！”

我咳嗽了两声道："到底怎么回事？"

黄朗道："你还说呢！当时我正要抓到那凶手，结果你'扑通'一声掉河里了，我立马转身一个猛子扎进河里，费了好大的力气才把你捞起来。"

我紧张道："你让凶手跑了？"

黄朗道："哪儿能啊？谢国豪一路追过去，把那家伙拿下了。"他说着，叹了口气，"只可惜，这抓获凶手的功劳，成了这姓谢的了。最可气的是什么你知道吗？"

我问："是什么？"

黄朗道："来来来，给你看看朋友圈。"

我一看朋友圈，才知道，陈小芸发朋友圈夸赞谢国豪的英勇，还附上了二人的亲密合影。

黄朗道："他英勇？他有我跳进冰河里救人英勇吗？那小子，只顾着立功，看见你掉河里了他管都不管一下！"

我道："他做得没错，抓住凶手是第一要务。"

黄朗急了："老陈，这你就不地道了啊！我冒着生命危险救了你，你还替他说话，你胳膊肘不能老往外拐啊！"

我又咳嗽了两声："好啦好啦，功劳都是大家的。我也非常感谢你救了我。现在我最想知道的是，审讯结果怎么样了？"

黄朗道："我们轮番审了他三天，那小子什么都不肯说。要不是有文明执法的条例，我早就动手打死他了！"

我深吸了一口气道："我知道有个人能让他开口。"

在得到了王局的批准后，我们和监狱进行了一番沟通，最终在三天后的下午，完成了这次会面。

在去监狱的防暴车里，我和黄朗亲自押送凶手，这个尖嘴猴腮却体格健壮的年轻男子，看上去十分亢奋。

凶手名叫许东强，27 岁，也是一名程序员。我们一直怀疑，他和那三名同为程序员的受害者有过节，可是无法在社会关系中查出他们有过任何交集。

有趣的是，许东强大学本科是学临床医学的，计算机编程完全是他本人出于兴趣爱好自学的。

下午 5 点，监狱会面室内，在众多荷枪实弹的狱警的重重包围下，许东强和罗谦辰见面了。

二人隔着长桌，相对而坐，许东强的双手和双脚全都被镣铐束缚。

他一见到罗谦辰，言语中便表现出了强烈的侵略性："没想到一个杀妻分尸的疯子，竟然在监狱里协助警察破案，实在是太戏剧性了！"

罗谦辰面不改色，态度从容，他儒雅地抚摸了一下自己的下颌道："我很想知道，你的游戏任务完成了吗？"

许东强更加兴奋了："难怪你能够分析出我的第三个任务地点，原来你已经知道这是一场游戏！"

罗谦辰微微一笑道："你可以当我是碰巧猜对的。"

许东强道："看来你已经提前觉醒了。你知道我为什么愿意来见你吗？当警察提到你的时候，我突然想到自己看过一个记者对你的采访，你在采访中有一句话让我印象深刻……"

罗谦辰淡淡道："这个世界是假的。"

许东强差点欢呼起来："对，就是这句话——'这个世界是假的！'这个世界的确是假的！是一场游戏！我们全都活在一场游戏当中！"

罗谦辰道："所以你认为……我们只是游戏当中的角色？"

许东强点了点头道："没错！我们都是游戏当中的 NPC（非玩家角色），我们的对话全都是一行行代码，是程序运作的结果。我们将这个运作过程当成自己的自我意识。"

罗谦辰道："我懂你的意思。假设这是一个游戏，设计师给游戏制定了详细的规则。例如：我们不能飞，从高空坠落会摔死；我们被设计了视觉、听觉、嗅觉、味觉和触觉这五种感官，于是我们通过这五种感知觉程序来接触这个游戏所设置的世界；我们每一次对外界的接触，外界都会向我们反馈一个信号，这些信号交织在一起，越来越多，于是我们将这种反馈的信号综合起来当成了自己的主观意识……这一切，实际都是程序在硬盘中运转的物理过程。"

许东强道："是的！就是这样。"

罗谦辰道："实际上我只是在用你的逻辑来阐述唯物主义思想，唯物主义本来就认为一切都是物质的，我们人脑的运作也只是一个物理过程，我们的自我意识，实际就是我们的身体对周遭客观事物所产生的主观反馈的集合。"

许东强看上去有些失望："也就是说，你其实并不相信我？"

罗谦辰道："除非你告诉我，你是如何知道这个世界只是一个游戏的。"

许东强道："的确，人总是相信眼见为实。如果不是有了那次经历，我也不会相信这种事情。"

罗谦辰道："说说看。"

许东强说："你有没有过这样的经历？你房间里会突然有东西消失，当你要找它的时候怎么也找不到；可是某一天，当你不找它的时候，它会在一个十分显眼的地方出现。"

罗谦辰道："的确常有这种事情发生。"

许东强道："我们总以为是自己没有找到它，实际上，那是游戏进行版本升级所导致的结果，在升级过程中，难免会导致一些程序被误删，但程序员发现后，会修复这些被误删的程序，于是那些东西又回到你眼前了。"

听到这里，我忍不住插嘴道："你应该是把《黑客帝国》当真了。"

许东强道："跟那部电影没关系，我说的都是真的！我亲眼所见。某天我正在编写程序，有一个问题怎么也解决不了，于是就开始在论坛上寻找答案。很快，一个ID叫'天行者'的人找到我，他迅速帮我解决了那个问题。我加了他好友，和他有了十分深入的交谈。直到有一天，他说，其实我们所处的这个世界是一个游戏，而他是负责设计这个游戏的程序员之一。一开始，我以为他在对我开玩笑，但他说得十分认真，我就让他证明给我看。他说能够让我面前的水杯消失。几秒钟后，我的水杯真的消失了。就在我眼前，突然不见。而后，他又让我房间里更多的东西消失，之后又让它们重新出现。他逐渐给我展示了更多的奇迹，让我不得不相信，这个世界的确是一个游戏。"

罗谦辰道："那么你杀害那三名程序员，取走他们的大脑，就是这个ID是'天行者'的人给你的任务？"

许东强道："是的。不过，他们三个人是自愿的，因为'天行者'也向他们展现了奇迹。"

罗谦辰问："'天行者'为什么要你取走他们的大脑，这么做的目的是什么？为什么你会在取脑之前，让被害人报警？这样会加速你的落网。"

许东强道："一开始我并不明白'天行者'的用意，不过现在，我或许明白了。‘天行者’是想以这种方式来提醒你们，这个世界是一场游戏。这就类似于某种象征符号，造物主总希望人类能够从那些符号中获得启迪，就像那些麦田圈，或许也是在以某种方式提醒人类，这个世界是假的。他曾经对我说，他很乐于看到游戏里的NPC获得觉醒，因为他想看看，如果游戏里的角色知道自己在游戏里，会发生些什么。至于取走那三个人的大脑，是因为‘天行者’向他们承诺，会让他们获得永生。”

罗谦辰道：“永生？”

许东强说：“就像缸中之脑，他们的大脑在被我取出的那一刻，就被‘天行者’回收，直接与主程序对接，也就相当于，他们和这个游戏所构建的世界融为一体了。”

我道：“既然‘天行者’这么厉害，可以让东西凭空消失，那他完全可以直接取走他们的大脑，为什么要通过你？”

许东强笑了起来：“这个问题问得实在是太愚蠢了，我不想回答。”

罗谦辰替他回答道：“大概是‘天行者’想让我们这些NPC觉醒，但又不能过于明目张胆，因为如果他让人脑直接从活人颅内凭空消失——不同于让一个微不足道的水杯消失——这属于明显的程序bug，这种bug一定会被主程序检测到。所以‘天行者’需要一个中间人，让取脑的过程变得合情合理。一个精神变态的疯子挖走了这些人的脑袋，这样就非常符合这个世界运行的逻辑，不会被主程序判定为程序异常。”

许东强冲着罗谦辰露出了兴奋和敬佩的笑容：“你果然是一名觉醒者，你已经充分地理解了‘天行者’的意图。”

我试图向许东强套话：“能给我看看你和‘天行者’之间的聊天记

录吗？我也很想认识一下创造我们这个世界的造物主。”

许东强道：“没用的，如果他不想见你，你是见不到他的，他已经将自己的痕迹抹除得一干二净了，你什么也不会找到。”

我道：“他不是想让我们觉醒吗？他完全可以出面来向我们展现你所说的这些奇迹。”

许东强道：“如果你们潜意识里就不相信，即便他向你们展现了奇迹，你们也只会觉得他是在玩弄江湖戏法。所以他不会向不信的人展露这一切，因为那毫无用处。”

我耸了耸肩道：“所以你没有任何证据证明你所说的一切，这全都只是你的空想而已，只是你对自己病态的杀人行为的一种托词。”

许东强大笑起来：“哈哈哈哈哈，随便你怎么认为，我只想说，‘天行者’是白费工夫。因为你们人类永远也无法相信这个世界是假的！哪怕是一架飞机在万米高空中凭空消失，都无法令你们觉醒。”

我道：“我们会找到那架飞机的。”

许东强道：“那就祝你们好运。”

会面结束后，许东强被带回了羁押室。

我问罗谦辰道：“你相信他说的话吗？”

罗谦辰的表情神秘而又不置可否，他淡淡道：“我们永远只会相信自己所能认知的东西，尽管那不一定正确。”

我们重新搜索了三个案发地，以及许东强的住所和工作地点，都没能找到被害人的大脑。

尤其是在第三个案发地，当时许东强挖走被害人的大脑逃进身后的树林，不到 5 分钟就被谢国豪抓住了。

按道理来说，他是没有时间藏匿大脑的才对。他只能将大脑扔在树林里，可是我们搜遍整个树林，也没能找到那颗大脑。

我们强行破解了许东强的电脑，以及三名受害人的电脑，并没有发现和“天行者”相关的痕迹。

我们调查了许东强的过去，发现他童年时期就经常在自己的作业本上反复写着一句话：“快救救我！快救救我！有人要挖走我的脑子！”

在他念初三那年，他的父母带他去看过心理医生。

当时医生问他：“你为什么在作业本上反复写这句话？”

许东强说：“因为这个声音一直在我脑子里重复。”

心理医生问：“你是说，你能听到这句话？”

许东强道：“是的！一开始我以为是有人在求救，但很快我意识到，这声音是从我脑子里传来的，它就在我脑子里，怎么也赶不走。”

心理医生问：“你觉得你为什么会听到这句话？”

许东强道：“我猜是创造这个世界的人在向我传达某个指令，某天只要我完成了这个指令，这个声音就不会再出现了。”

正如罗谦辰所推测的那样，许东强从小时候起，就对这句话产生了某种偏执障碍。

我们安排专家对许东强进行了精神鉴定，判定其患有严重的妄想型精神分裂症。

在他被强制转入高戒备精神病院接受看护治疗的前一天，我例行对他进行最后的问话。问话结束后，他突然对我说：“陈警官，‘天行者’让我向你问好。”

我道：“‘天行者’？你和他联系上了？你在看守所里，没有电脑也没有手机，他是怎么跟你联系的？”

许东强指了指自己的脑袋。

我笑了笑："看来还是你脑子里想出来的。"

我转身就要离开，许东强突然说："陈警官，'天行者'说，他已经向你展现了奇迹，回到办公室，看看是不是有什么东西不见了。"

我不以为然，回到了市局，走进办公室，正准备给自己泡一杯茶，却发现自己放在办公桌上的专用茶杯不见了，怎么找也找不到。

"老黄，我的茶杯是不是被你拿走了？"

"我去，老陈，我没事儿拿你茶杯干什么啊？"

我询问了一圈，没有任何人拿走我的茶杯。

半个月后，当我已经习惯了新茶杯时，那个消失的旧茶杯又突然出现在了我的办公桌上，没有人知道它是怎么回来的。

第二个案例

水箱中的女人

第二个案例

水箱中的女人

三月，春季，寒冷逐渐散去，气温已经回暖，而凝固在人们内心深处的寒冰却无法随着气温的升高而融化。

因为又有罪恶降临了。

那天上午，我和黄朗离开市局，驱车赶往案发现场。案发现场位于老城区，那是一座拥有三十多年历史的破旧酒店，尽管前些年进行过一次翻新，但那也不过是化了浓妆、穿了新衣的老人，岁月的沧桑感由内而外，散发出一股难以掩盖的败落感。

酒店一共 25 层，当年建成的时候，可以说是本市鹤立鸡群的最高建筑了，刚开张便生意火爆。可是，随着时间的推移，市里的高楼越来越多，一幢高过一幢，新的酒店一拨接着一拨，几年过去，这酒店的营生也自然变得十分惨淡了。

不过好在酒店在翻修过后，又进行了一次大减价，最便宜的时候，标间日价甚至低于百元，再加上又在老城区的中心，所以每日的入住率相对还算可以。

民警已经将酒店彻底封锁，我和黄朗撩开警戒带，走进酒店，穿过大堂，径直走入电梯。由于是老酒店，电梯间只设置了两台电梯，我们进了左边那台，而后直接按下了 25 层键。

电梯厢“咔嗒咔嗒”颤了好几下，终于开始上升。

黄朗吐槽道：“这破电梯该换换了吧，哪天缆绳断了，别出什么事故。”

我道：“别瞎说。”

黄朗扭头看了看身后，指了指斜上方角落道：“也不知道这摄像头是不是个摆设。”

电梯厢缓慢地来到了25层，门缓缓打开，我们走了出去，又通过楼梯间快步来到了楼顶天台。

天台上的风很大，两座3米高的水箱并列立在天台的边缘，在惨白的天光下摇摇欲坠。

酒店的工作人员已经在右侧的水箱前搭上了一架伸缩梯，我顺着梯子爬了上去，来到了水箱的顶部，顶部的方形检修口敞开着。我向内看去，只看到漆黑一片，但能够闻到一股混合着潮气的臭味。随后，我打开警用强光手电首先向下探照，尽管早有心理准备，但水箱里的一幕还是令我感到后背发凉。

一个裸体的女人，蜷缩着身子，臀部向上，头部朝下，沉尸在两米多深的水底。我们通知了消防队。消防员赶到后，从水箱侧面靠下的地方开了一个较大的口，而后将尸体从开口中拖了出来。

女人的尸体已经高度腐败，向外溢着尸水，散发出阵阵恶臭。

黄朗捂着口鼻道：“这尸体看上去死了有半个多月了吧，怎么现在才被发现？”

我们叫来了报案人。

报案人是酒店的经理，但第一发现者并不是他，而是一名修理工。上午7点，有多名顾客打电话给前台，说房间里的水龙头无法出水。酒店领导怀疑是天台水箱发生堵塞，于是派修理工上天台检修。

修理工向我们阐述了当时的情况："哎呀，可吓死我了，我是上午7点多接到领导通知，7点半上了天台，先检查了左边这个水箱，没发现什么问题。然后，我开始检查右边这个水箱，一打开上面的检修盖，往里面一看，一开始我以为是垃圾袋或是别的什么，根本没想那么多，就打开强光手电往下一探，妈呀，是个人，吓得我差点从梯子上摔下来！然后我慌里慌张去通知了领导，领导上来核实了之后，就报了警。"

我指了指水箱旁的那把梯子问："你当时是通过那架梯子爬上水箱顶部检修的？"

修理工点头称是。

我又问："这梯子是一直在天台上吗？"

修理工摇了摇头道："不是不是，梯子怎么会放在天台上？我上午检修的时候搬上来的。"

我问："这天台，其他人能随便上来吗？"

修理工道："天台的门是上锁的，没有钥匙上不来。我上来的时候，门就是锁着的。"

我问："那水箱的检修盖呢？"

修理工道："一般人也打不开，都是锁着的，你想啊，不锁着，万一有人往里面投毒，不得把全酒店的人都毒死了啊？"

一旁的经理尴尬道："哎呀，黄警官，我们也不知道是什么情况啊。这天台钥匙和水箱的钥匙，也只有工作人员才能掌握，寻常人是真的没办法打开的呀！"

黄朗道："那现在有最大嫌疑的，就是你们酒店的工作人员，包括你在内，因为只有你们拥有打开天台门和水箱检修盖的钥匙。现在，请把所有的工作人员全部叫到酒店宴会厅，我们要对所有人进行逐一讯问。”

在讯问中，我们很快了解到，就在21天前，也就是2月15日，一个名叫黄煜心的22岁女子入住该酒店。

经过查询，黄煜心是于2月14日晚上11点半预订了该酒店的标准间，支付了一晚的住宿费用，并同时购买了次日上午10点45分从S市飞往本市的机票。机票花费2500元。

我们调取当地机场监控，2月15日上午9点52分，黄煜心乘出租车出现在机场高架，穿着一身红色的呢子大衣，未带任何行李。下车后，她径直走进了航站楼，而后通过自助系统完成值机取票，随后通过安检，并来到登机口最前排的座位坐下，等待登机。10点20分，乘客开始登机。由于购买的是头等舱机票，黄煜心第一个进入登机廊桥完成登机。飞机于10点45分准时起飞，并于12点55分在本市机场落地。

随后，她打车来到了这座酒店，于下午2点05分在前台办理了入住登记手续，而后便进了电梯间。

她的房间号是1301号。

第二天下午两点，酒店催促她退房，打房间电话无人接听，于是店方派人去敲门，无人回应，便直接打开了房间门，屋内却空无一人。

店方以为该女子提前退房了，并未过多在意。

直到一周后，黄煜心的家人由于始终无法联系上她，于是向当地警方报案，当地警方立即联系本市负责该酒店所在辖区的公安分局。随后，分局派出搜寻队，携警犬对整座酒店进行了全面搜索，却没能找到黄煜心的下落。酒店有两个门可以出入，一个是大堂的正门，一个是后门。正门安装有摄像头，后门没有安装，由于正门摄像头并未拍摄到黄煜心离开酒店的画面，所以当时分局的同事认为黄煜心是从酒店后门离开的。

当时负责侦查任务的，是该片区分局刑侦大队的大队长包始兴，此人比我年长 5 岁，但由于办案能力一般，多年以来都无法得到提拔，勉强在分局混了个刑侦大队长的职位。见到他，我总有些担心，因为此人的业务水平实在太差，经常忽略现场重要细节，导致本来很简单的案子陷入僵局。

包始兴一见到我就道："哟，陈学弟，这案子就不劳您大驾了吧？咱分局就能给你破了。"

黄朗站在一旁听了，怒斥他道："你说什么呢姓包的，在学校里，咱陈队长是你学弟，现在都离开学校多少年了？老陈可是总局刑侦支队的队长，你区区一分局刑侦大队的队长，怎么跟领导说话的？你信不信我这就告诉王局去？告你个组织纪律混乱，目无领导！"

包始兴笑了："是是是，黄副队长说得是，你们都是我领导，领导大驾光临，有何赐教啊？"

我深吸了一口气道："是这样的，老包，这案子局里安排给我们支队办，你的弟兄们，可以休息了。"

包始兴阴阳怪气道："既然你们都全权负责此案了，还来找我干什么？是不是破不了案，需要我的热心帮助啊？"

黄朗听了，急眼了："嘿哟，我说你个姓包的！没吃过包子是吧？今天爷就让你尝尝肉包子打狗的滋味！"他挥拳就要动手打人。

我一把将他拦住："行了黄朗，都是同事，一家人别伤了和气。"

包始兴笑了："听你队长的吧，你要是打了我，你这警察也没法干了。"

黄朗像个气炸了的皮球，但在我的极力阻拦下，他泄了气，转身调查现场去了。

我单独向包始兴问话："老包，是这样的，我们目前怀疑，水箱里发现的裸体女尸就是黄煜心，而我们了解到，黄煜心失踪时，你带队到这家酒店进行过搜索工作，是吗？"

包始兴道："是的，当时我们一队15个人，带了4条警犬，把酒店里里外外全都仔细找了一遍，就是没找到这姑娘。"

我问："当时你们上天台找了吗？"

包始兴道："上了啊，可是天台上根本没看到人。"

我问："检查水箱了吗？"

包始兴道："没打开来检查，水箱是锁着的，3米多高，天台上也没看到梯子啥的，想着她也不可能爬得上去啊，就没打开看。"

我问："你们调查了监控对吗？"

包始兴道："是的，我们看了前门的监控，但是没看到她离开酒店；后门没监控，我们猜她从后面离开了。可谁也没想到人会死在水箱里啊。当时我们就通知了各片区的派出所，让他们全市寻人，但一直没找见，直到案发我才知道，原来人一直在水箱里。"

我对包始兴进行了长达半个小时的细致询问，让他领着我去了他们搜索的每一个点，似乎并没有什么疏漏的地方。

就在这时，对讲机里响起了黄朗的声音："老陈，老陈，快到保安室来！"

我和包始兴立刻赶到了保安室，保安室里有一块监控屏幕，上面可以看到电梯内的监控情况。

黄朗瞥了一眼包始兴道：“我就知道你个姓包的没有检查电梯里的监控。”

包始兴辩解道：“人总不能从电梯里消失吧？我的重点是找人，最快的办法就是查看酒店正门的监控。”

我对黄朗道：“你发现了什么？”

黄朗深吸了一口气，指了指屏幕：“这是黄煜心 2 月 15 日入住酒店当晚 11 点 35 分的左侧电梯录像，你自己看吧。”

我盯着屏幕，保安滑动鼠标，点下了播放键。

画面为电梯厢内，面对着电梯门方向的左上角的监控探头视角，只见分辨率较低且色调暗沉的画面中，电梯门缓缓打开，一个身着红色呢子大衣的女孩从门外走了进来，而这个女孩正是失踪者黄煜心。

只见她一进电梯，便躬下身，由上至下连续按亮了 4 个楼层按钮。随后，她面朝着门，退到了电梯右侧的角落里。

而此时，电梯的门，迟迟没有关上。

女孩迟疑了 3 秒钟，向前走了两步，紧接着向前跨了一大步，右腿迈出了电梯门，半个身子探出电梯门外，左右张望了两下，便迅速将身子缩了回来。她站在电梯中央，看着门外，可是电梯门依旧没有关上。

她侧过身子，背靠着电梯右侧的金属壁，而后贴着金属壁向门口方向挪去，整个身子挪到了电梯门右侧靠按钮的角落，而她的目光一直斜视着门外左侧的某个方向，模糊的画面中，可以看出她面色惊恐。

又过了几秒，她爹着胆子将身子挪到门口，站在门的边缘，向右望了望，而后她缓缓地走出了电梯，在双脚离开电梯的一刹那，她还做了一个仿佛是想要将什么东西吓跑的微蹦动作，而后她在电梯门外走廊站了两秒，便背对着监控画面向后退回到了电梯厢内。可是，她刚退回来，便又走了出去。

而后她侧身横移，消失在了电梯门外的左侧。不过很快，她的半个身体出现在了画面中，只见她的右手突然无力地放下，向下自然垂落，而后她又抬起右手，摸向自己的脑袋，这个姿势维持了大约 10 秒后，她双手抱着后脑勺，做了一个类似烦躁崩溃的动作，转身走进了电梯，然后，她由上到下，反反复复地按下了更多的楼层按钮。

最后，她把所有的按钮都按了一遍。

但是电梯门依旧没关，她又走出了电梯，站在电梯门外左侧，向右侧过身子，微微弓着腰，手舞足蹈，像是在和右侧画面中某个看不见的人争吵。

她的双手开始向两侧做抚摩状，像是在抚摩空气中某个肉眼无法看见的东西。就这样持续了数秒，她直起身子，手腕旋转，做了个类似唱戏的手势动作。

旋即，她开始用左手狠狠地掰自己右手的手指，而后又用右手掰自己左手的手指。她一边掰，一边双膝下蹲，仿佛掰得很用力，像是要将自己的手指掰断。

她放下双手，又抬手掩面，消失在了电梯左侧门外。

在她消失大约一分钟后，电梯门终于关上了，此时电梯厢内空无一人，电梯开始下行，每下一层，门就会开一次，相应楼层的按钮灯光也会随之熄灭。

直到最后，电梯下降到了一层，也没见到黄煜心再次回到电梯中。

死者从画面中消失的时间，是 2 月 15 日晚 11 点 38 分 05 秒，她在电梯里的诡异行为持续了 3 分钟。

这种老式酒店，走廊内并未安装监控，所以无法看到黄煜心在离开电梯后去了哪儿。

看完视频，我感到后背一阵发凉，因为画面中的情形太过诡异，简直如同灵异视频。如果不是在监控室里亲眼看到，我甚至会以为这是恐怖片里的画面。

负责调取监控的保安面色铁青，慌里慌张道："这酒店……这酒店不吉利。"

我问："怎么说？"

保安道："你们是警察，应该知道吧？这酒店开业以来，出过 3 次事，算上这次，是第 4 次了。25 年前，一个女人横死在了房间里；15 年前，一个女人从自己房间跳楼自杀，怪的是，她把一个路人砸死了，她自己只受了轻伤；18 年前，一个女人在房间里，把她 8 岁的儿子勒死了，而后这个女人就失踪了，至今不知其下落，也不知道她勒死自己儿子的原因……总之，这酒店很不吉利，有好几回，我都在夜间巡逻的时候，在走廊里看到一个小女孩在冲我笑，但很快就消失了……这酒店怨气太重。"

黄朗打断他道："你少在这里传播封建迷信啊！你说的这些案子，也就是当时我和陈队长还没加入警队，不然那个分尸案的凶手，还有那个勒死儿子的女人，准能找到。还有那个跳楼自杀的女人，把路人砸死自己没死的情况，新闻里不经常出现吗？巧合而已。至于你说你看到一个转瞬即逝的小女孩出现在走廊里，那充其量就是你自己吓自己产生的幻觉。"

保安浑身发抖道："反正我是不敢继续在这里工作了，我得辞职！"

黄朗拍了拍保安的肩膀道："在你辞职之前呢，得配合我们的调查工作，来来来，把另一架电梯的监控调出来给我们看！"

我们又调查了另一台电梯的监控，但是什么也没发现。

我对酒店经理说："立即调出所有资料，我要了解到，黄煜心入住酒店当天直至今日，所有的住客信息，以及在岗工作人员信息。"

随后，我们根据店方提供的信息，联系上了所有人，并且开始了对他们的逐一调查、讯问工作。

当天深夜，黄煜心的尸检结果出来了，我和黄朗一同前往法医鉴定中心。

黄朗一边走，一边吐槽道："老陈，你说今天，那姓包的，区区一分局刑侦大队的队长，对您这总局的支队长也太不尊重了，想想我都气，要不是你拦着我，我早就大耳刮子抽他了！"

我深吸了一口气道："你呀，就是容易冲动。"

黄朗道："包始兴什么态度，那是下级见了上级的态度吗？您现在可不比几年前了，好歹是个正处级干部、三级警监，当年杨局也就您现在这级别呢，保不齐过几年您就是个副厅级、二级警监，和咱王局平起平坐了，姓包的那小子什么级别他不清楚吗？这么多年了他也就是个二级警督，比我这一级警督还低一档呢，更不用说跟你比了。"

我叹了口气道："级别不重要，大家都是在一线办事的，不分大小。"

黄朗冷笑起来："不论级别，咱论论能力，那包始兴他有半点破案能力吗？就单说这侦查能力啊，他查了半天，连电梯监控这么重要的地方都给疏忽了！这当年也不知道是怎么从警校毕业的，还能当上分局刑侦大队的大队长。"

我道："好了，老黄，老包也破过不少案子，别老这么损人家。"

黄朗道："他破的那些案子跟咱这能比吗？我也不是针对这个，就今天他那说话的态度，人五人六的，他有什么资格啊？"

我道："你也得理解老包。这案子吧，本来就是他大队的，现在我们支队接手，他心里不爽，也挺正常。不过，他也就是嘴上说说，行动上还是很配合我们工作的。"

黄朗道："他敢不配合，他不配合我……"说着，他便做了个挥拳的动作，"他轻视谁，也不能怠慢了咱陈队长！"

说到这里，我们已经来到了法医鉴定中心，刚到法医学解剖室门口，便听到里面传来了一男一女有说有笑的声音。

我敲了敲门。

前来开门的，并不是陈小芸，而是……谢国豪。

黄朗一见谢国豪便道："你怎么会在这儿？"

谢国豪微微一笑说："我来……"

只见这时，陈小芸出现在了谢国豪身旁，对我们说："谢队是来给我送晚餐的，他知道我忙到现在还没吃饭呢。"

谢国豪道："好了，你们是来拿验尸报告的吧，不打扰你们工作了，我先走了，再会。"

他说着，正要离去，却被黄朗一把拦住："欸，谢队长，听说你搏击特别厉害？"

谢国豪道："还好还好。"

黄朗道："别谦虚嘛，谢队长，作为特警支队的队长，在这方面没两把刷子怎么行？正好，我的综合搏击能力是整个刑侦支队最高的，什么时候咱约个时间切磋切磋？"

谢国豪道："行，等黄队你的案子办完，我们就在训练场切磋一番。"

陈小芸道："没这个必要吧。"

黄朗和谢国豪不约而同道："非常必要！"

陈小芸道："行，你们切磋前记得通知我，我到现场给你们加油助威。"她耸了耸肩道，"好了，接下来，我该向你们介绍尸体的情况了。"

谢国豪离去，我和黄朗跟随陈小芸进了解剖室。

解剖台前，陈小芸介绍尸体情况："死者，性别女，生理年龄22岁，身高165厘米，生前体形偏瘦，溺水导致窒息死亡。由于死者死于阴冷的水箱，水箱的温度延缓了尸体的腐烂速度，根据以往同类温度条件下的案件尸体情况和实验分析，可以推断出其死亡时间是2月16日0点到2月17日0点这24小时的区间内。死者身体未发现任何搏斗痕迹和外力伤害痕迹，没有遭受过性侵，其体内也并未提取到任何迷幻类、精神类药物。"

我深吸了一口气道："这不可能啊，如果死者生前没有服用迷幻类药物，那她在电梯里的诡异举动又该怎么解释？"

陈小芸耸了耸肩道："我是法医，我的任务只是进行尸检，至于死者的行为逻辑，那就是你们需要调查的事情了。"

我道："死者是2月15日晚11点38分05秒离开的，而你所推断出的最早死亡时间是16日0点，也就是说，很有可能，死者离开电梯后不久，就在天台水箱遇害了。"

陈小芸道："是的，但由于水箱温度的影响，我无法将时间精确到一两个小时以内，只能推测出一个24小时的区间范围，所以2月16日0点到2月17日0点这24小时之间的任何一个时间点，都有可能是死者的死亡时间。"

我考虑了陈小芸尸检可能存在的误差，将时间扩大，花了半个月的时间，重点调查了2月15日、16日、17日这3天内所有在酒店的工作人员和住客，却没有任何进展。

首先，想要上天台就必须打开通往天台的那扇门，可那扇门是需要钥匙才能开启的，如果有人强行破门，会触发酒店的警报。而开门的钥匙只有三把，分别被三个人保管，一个是酒店的大堂经理，另一个是酒店保安队队长，还有一个是维保队队长，而这三个人在死者死亡时间范围内，全都有明确的不在场证明。

至于开启水箱顶盖的钥匙，也有三把，全都被锁在维保队办公室的保险柜里，只在需要维修水箱时才会取出。而通过维保队办公室的监控可以明确知道，死者死亡时间范围内，没有人打开过保险柜。我们又连续调取了从15日直到死者尸体被发现那日的监控录像，确定这段时间内，钥匙第一次离开保险箱，就是在本月8日上午，维修人员接到水箱堵塞通知，上天台检查水箱的时候。

但是并不能排除维保队的人员提前偷配钥匙。可是，维保队一共三人，他们全都具备不在场证明。

至于酒店的住客，经过逐一调查，似乎也都不具备作案动机和作案条件。通过对所有人的背景进行详细调查，也并未发现任何人与死者有过任何社会交集。

但是有三名住在13层的住客称，自己在15日深夜快0点的时候，听到走廊里传来了戏曲的声音，但他们不确定是什么曲子，只知道像是黄梅戏的曲调。可是整个13层的住客，在那个时段都没有进入走廊，不知道当时究竟发生了什么。

案件的调查一下子陷入僵局。

在那个下着暴雨的上午，我带着电梯内的监控录像以及全部案卷材料，独自一人来到监狱，见到了罗谦辰。

罗谦辰在看完电梯录像后，缓缓地抬起头，越过电脑屏幕看向我，淡淡道："我很想听听，你目前对录像中的内容怎么看。"

我沉思了片刻，说："一开始，我以为……"

罗谦辰仿佛瞬间洞悉了我的心思："一开始你以为这个女孩服用了迷幻药是吗？然而法医的尸检结果却表明并非如此，女孩什么药物也没有服用。"

我点了点头道："是的。"

罗谦辰道："那么，此刻你又是如何认为的呢？"

我想了想，说："我不知道，她看上去像是在被什么人追赶，于是慌里慌张地跑进了电梯。"

罗谦辰道："你觉得，她在电梯里的一系列举动，都是在躲避某个人……她一进电梯就按下一列按钮，是为了不让凶手知道她去了哪一层。可是电梯门迟迟没关，于是你认为她当时贴着侧壁，是想看看外面有没有人……"

我道："是的，我是这么怀疑的。可是她的很多行为难以解释。譬如她跳出电梯后，站在外面的走廊里手舞足蹈的，像唱戏一样，然后又用力掰自己的手指，又像是在空气中抚摩什么看不见的东西……这怎么也无法解释清楚。感觉她就像是服用了迷幻药，精神出现了异常。"

罗谦辰微微一笑道："你觉不觉得她的行为，很像是在梦游？"

我道："你的意思是说，她梦游了？"

罗谦辰道："你应该对她做过背景调查，她是没有梦游病史的，对吗？"

我道："从她家人的反馈来看，是没有的。"

罗谦辰道："那就一定是有什么东西导致她产生了这种类似于梦游的行为。"

我道："可是除了迷幻药和毒品，我想不出有什么东西可以导致这种行为，但是尸检表明，她体内没有这些药物成分。"

罗谦辰道："有一种方法，可以让人如同进到了梦境当中，而身体却在现实中依照潜意识的梦中的情景来产生一系列的梦游行为，这种方法不需要任何药物的帮助……"

我道："你是说……催眠？"

罗谦辰点了点头道："是的，催眠！高超的催眠师具备这种能力，能够让人进入被催眠的状态。在这种状态下，被催眠者会依照催眠师的引导去行事。这种情况就像人喝酒喝到断片一样，平常彬彬有礼的人，很有可能会在断片的状态下干出一些出格的事情，例如跳到桌子上起舞，跑到大街上裸奔之类的；而当断片者醒来时，又不会记得自己断片时干了些什么……被催眠的状态就和断片很类似。"

我问道："你是说当时有一个催眠师在案发现场对被害人进行了催眠？"

罗谦辰道："并不一定如此，也许这种催眠早就开始了，就连女孩进入酒店的过程，都是催眠环节的一部分。女孩在被催眠的状态下，买了机票，独自一人来到了案发酒店，并且办理了入住。直到夜间，她突然从催眠中觉醒了，很慌乱，心想：'我怎么会在这里？'随后她慌张地离开了房间，冲进了电梯。她怀疑自己被人下药，遭人绑架，于是连续按下了一列楼层按钮，不希望绑架她的人知道她要去哪一层。可是电梯门迟迟不关，便有了她接下来的行为。她怀疑绑匪在外面按住了电梯按钮，导致电梯门不关。她终于爹着胆子出了电梯，跳了一下，如同一只受惊的兔子，想将那个人吓跑。可是走廊里却空无一人。她想走楼梯，可是很快打消了这个念头，因为没准绑匪此刻就在黑暗的楼梯间等着她，而电梯内有监控，起码会安全一些。她回到电梯内，又走了出去。她站在电梯门外左侧，却还是没能找到那个按停电梯的人。看来是电梯故障了？她这么想着，无奈地放下右手，而后又焦躁不堪地抓住自己的后脑勺，回到了电梯内，又连续按下了更多的楼层按钮，试图以此让电梯门关上而后下行。可电梯门还是不关，于是她走了出去，站在电梯门外左侧，对着右侧像是在与画面中某个看不到的人争吵。其实此刻，站在右侧走廊尽头的那个人，就是催眠者。催眠者在此时又一次对女孩进行了催眠。当她的双手开始在空气中做抚摩动作的时候，就说明她已经进入了被催眠的状态，因为她看见了只存在于她精神世界里的东西。在这次催眠情境中，她变成了一个演员，于是她很快做了一个唱戏的动作，但是，她或许觉得自己的动作不够标准，于是十分懊恼，狠狠地掰着自己的手指，这是一种焦虑的自我惩罚表现。随后，她意识到，自己成为不了一个合格的演员，于是双手掩面，沮丧地离去了。这或许与她过去的某一个经历有关，在巨大的失落和自卑感中，她非常想找一个地方躲起来，于是她上了天台。此时，催眠者早已经在水箱前放好了梯子，她就这样在催眠中，自己爬上了梯子，钻进了水箱里。”

听完罗谦辰的叙述，我道：“有几个问题：第一，电梯为何会一直不关门地停在那一层？第二，通往天台是需要钥匙开门的，水箱的顶盖也需要钥匙才能打开，而钥匙如何获得？第三，女孩被发现时是赤身裸体的，她的衣服去哪儿了？”

罗谦辰道：“凶手不止一个人，这位催眠师显然有帮手。他的帮手当时在电梯的控制室里，通过监控看到女孩走进电梯，于是立刻将电梯暂停。至于那两把钥匙，这个问题很简单，如果这是一个早已布下的局，凶手完全可以在更早之前，利用某种机会获得钥匙，而后分别配了一把复制品。女孩被发现时是赤身裸体的，衣服显然是被她自己脱掉了，而她的衣服自然是被凶手带走了。凶手在女孩进入水箱后，爬上梯子，关上水箱顶盖并上锁，而后在帮手的协助下，收起梯子，带着女孩的衣服一块儿离去了。他们顺着楼梯间下了楼，避开了电梯监控，而后从酒店无监控的后门离去，逃之夭夭。"

我道："可是这个催眠师为什么要对黄煜心下手？他做这一切的动机究竟是什么呢？"

罗谦辰道："催眠一个人，需要对这个人足够了解。黄煜心在过去，肯定接触过这个催眠师，而这个催眠师一定知道黄煜心隐藏在内心深处的许多秘密。他一定对黄煜心进行过催眠，所以他能够很轻易地找到令黄煜心进入催眠状态的切入点。"

我道："可是在对黄煜心的背景调查中，并没有发现她接受过催眠或其他精神治疗。"

罗谦辰道："也许，他们并不是通过正常的医患关系认识的，所以自然不会有登记。"

回到市局后，我开始思索起来。

如果真的如罗谦辰推理的这样，假设凶手是一个二人团伙，一个负责在控制室内操控电梯，另一个负责对黄煜心进行催眠，引导其钻进水箱自杀。而黄煜心进入水箱，需要提前准备梯子……也许根本就不需要梯子，凶手二人，可以合力托举黄煜心爬上水箱顶部。那么现在关键的突破口就是电梯的控制室。

我和黄朗立即回到案发酒店，在经理的引导下，来到了酒店顶层的电梯控制室内。电梯控制室内有两块监控屏，可以看到两台电梯里的实时画面。

屏幕前有几个按钮，按下后便可操控电梯开门、关门，上升、停止。

经理说："这控制室平常都是锁着的，只有维修的时候才会用，一般没有人。"

我问："上一次电梯维修是什么时候？"

经理说："那都是半年前了。"

我问："半年来没人进过控制室？"

经理点了点头道："谁没事儿会来这里啊？"

我们提取了按钮上的指纹，通过比对，确定指纹正是半年前对电梯进行维修的修理工留下的，而他不具备任何作案条件。

如果真如罗谦辰推理的那样，凶手在操纵电梯时应该戴了手套，所以并未留下指纹。

我决定对黄煜心的过去进行详细调查，于是去了一趟黄煜心的老家。在那里，我了解到了之前在调查过程中，黄煜心的父母隐瞒过的一件事儿。

原来黄煜心从5岁开始学习黄梅戏。这孩子本来很有戏曲天赋，可是在她13岁那年，在一场剧团的演出活动中，她却突然忘记了那出戏的动作。

我看到了当时的演出录像，只见画面中，黄煜心穿着戏服在舞台上唱黄梅戏，本来一切都很顺畅，可是在她做完一个兰花指动作后，却突然像是断了弦一样，忘了接下来的动作。她站在舞台上，十分焦虑，自责地掰着自己的手指，掰得很用力，仿佛要将自己的手指掰断。

随后，她掩面哭了起来，转身逃离，消失在了画面外。

这画面看上去是那样熟悉，13 岁的她在舞台上的动作，和如今的她在电梯监控录像中的诡异行为如出一辙。

13 岁的黄煜心从舞台上逃离后，就失踪了。剧团的人通知了她的父母，通知了警察，所有人找了整整一天，最后是在天台的水箱里发现她的。

那水箱只有 1 米多高，所以黄煜心很容易就爬了进去。她蜷缩在里面，躲藏在黑暗中，极力地逃避着现实。

没有人知道，一向优秀的黄煜心为什么会突然忘记了戏曲动作；也没人知道为什么从那之后，她再也不愿意唱戏了。

黄煜心有一个表哥，叫黄事成，比黄煜心大 5 岁。黄事成 22 岁那年，出车祸去世了。直到他意外死亡后，黄煜心才向她的父母说出了真相。

原来就在黄煜心 13 岁那年，那次失误表演前的晚上，黄煜心在排练室里独自练习次日要登台表演的戏曲动作，就在她做完那个关键的兰花指动作时，突然一个高大的男人从身后一把抱住了她，然后将她摁倒在地。

她拼命反抗，但无济于事。她想要说出真相，却又无法开口，因为那个男人就是她表哥，时年 18 岁的黄事成。

了解了黄煜心如此伤痛的过去，我感到自己胸口淤积着一团不可名状的怒气无法发泄。

更令我感到愤慨的是，黄煜心在她表哥黄事成的葬礼上，当着所有亲戚的面，控诉黄事成对自己犯下的罪行时，她的父母在“家丑不可外扬”的观念作用下，竟然对所有人说，这一切都是黄煜心的妄想。

所有人都不相信，品学兼优的黄事成，会禽兽到对自己的表妹做出这种恶行。

从那之后，黄煜心就和自己的家人一刀两断，独自一人在外打工挣钱养活自己。

这次，黄煜心的家人之所以主动联系她，是因为她的父亲在外面欠了赌债，他们是打算找黄煜心要钱还债的。

至于黄煜心在离家出走之后都经历了些什么，父母一无所知。

直到我要离开的时候，她的母亲还拉着我的手央求道："求求你，陈警官，求求你不要公开这件事。"

我深吸了一口气，深为黄煜心拥有这样的父母感到心寒。

现在的突破口，就是黄煜心在 17 岁离家出走之后，到她死亡这 5 年时间，都接触过什么人。

在最初做黄煜心的背景调查时，我们只通过身份证登记信息，查询到黄煜心在 17 岁到 20 岁这 3 年时间，一直在一家快餐店打工，并且在 20 岁那年干到了分店经理的级别。可是之后，她就从快餐店辞职了，其身份登记信息再也没有出现在任何一家企业单位的名录下。

那么从 20 岁到 22 岁这两年时间，她究竟在从事什么工作呢？一种并不需要登记身份证的工作。

我去了黄煜心生前就职过的那家快餐店，找到了她的前同事，了解到，黄煜心在离职后，给一个魔术师当助手去了。

听到魔术师这个职业，我立马将其和催眠师联系到了一起，很多魔术师都是懂得催眠术的。

我问："那个魔术师叫什么名字？"

黄煜心同事道："我也不知道他真名叫什么，只知道他的艺名好像是叫‘杰克大师’。”

我问：“他在哪里表演魔术？”

黄煜心同事道：“他在市里开了家小剧场，会定期在那里表演魔术。我去看过几次，效果挺不错的。”

我上网查询到了关于杰克大师的信息，得知他当晚8点会在剧场表演魔术，我立即通过手机购买了一张最前排的票，并准时抵达现场观看表演。

杰克大师戴着一张扑克脸面具登台，中等身材，穿着一身充满舞台效果的浮夸西装。

一开始，他表演了一些常见的近景魔术，而后是一些类似于大变活人的常见舞台魔术。老实说，他的手法确实不错，但这些魔术我大多在电视上见过。

直到最后，他站在舞台中央，冲着观众席，用洪亮的嗓音道：“接下来，我将为各位表演一个压轴魔术，这个魔术是我最近才研发出来的，灵感源自那部名叫《致命魔术》的电影。”

他正说着，两名工作人员将一个巨大的立式长方体水箱从幕后推到了台前。水箱四壁透明，由玻璃材质构成，里面装了三分之二的水。

杰克大师掏出了一张飞盘：“接下来，我要用这张飞盘，挑选出一名观众上台来协助我完成这个魔术！”

随后，他将飞盘朝观众席扔来，只见三秒钟后，观众席北侧的一个女孩接住了飞盘，随后她兴冲冲地上了台。

杰克大师和女孩在台上进行了简单的互动，表示二人是第一次见面，之前从未串通过。

他变出一张巨大的黑布，将女孩从头到脚整个罩住。

随后，他倒数“三、二、一”后打了个响指。

只见罩住女孩的黑布应声向下滑动，跌落在地板上；与此同时，水箱中传来“扑通”一声，只见这个女孩突然出现在了水箱中。箱内原本只占水箱高度三分之二的水位线受到了女孩身体体积的影响，瞬间上升，水充满了整个水箱。女孩在水中疯狂地挣扎着，看上去十分惊恐，随后，她开始有了溺水窒息的反应。

在坚持了 30 秒后，杰克大师变出了一把钢锤，狠狠地砸向箱体，在猛砸了数下之后，箱体正面被砸开了一个巨大的豁口，女孩便随着水流一起被冲出了水箱。

女孩大口大口地向外吐水，浑身发抖，不停地喘着粗气。

随后，杰克大师用一块宽大的白色浴袍将女孩裹住，而后对着观众席说：“下面请各位为这位勇敢的女孩鼓掌！”

观众这才从惊愕中缓过神来，纷纷叫好，现场掌声雷动。

看完这个魔术，再联想起黄煜心的死亡现场，我开始浑身冒汗！我更加笃定，这个杰克大师，一定和黄煜心的死有关！

表演全部结束后，我在后台见到了杰克大师，并向他亮明了自己警察的身份。

杰克大师似乎并不打算摘下他的面具。

令我意外的是，杰克大师冲我点了点头道：“看来，他已经观看过我的魔术表演了。”

我感到一阵疑惑：“你说谁？”

杰克大师道：“那个指引你来到这里的人，那个在监狱里协助你们破案的疯子。”

我心里想，他是怎么知道的？但还是故意隐瞒道：“不好意思，没有你说的这个人。”

杰克大师道：“那个人叫——罗谦辰。”

他说着，摘下了自己的扑克脸面具。当我看到他面具下的真实面孔时，彻底惊呆了，那一刻，我简直不敢相信自己的眼睛。

眼前这个男人，和罗谦辰，长着同一张脸！

我感觉自己的喉咙被什么东西哽住了：“罗谦辰……你怎么会？”

杰克大师摇了摇头道：“我不是罗谦辰，我是他的孪生兄弟。”

我道：“这怎么可能？我们对罗谦辰进行过详细的背景调查，他并没有孪生兄弟。”

杰克大师道：“如果他的孪生弟弟从一出生就被他的父母遗弃了呢？”

我道：“罗谦辰怎么从未……”

杰克大师道：“他从未向你们提起过我对吗？那是因为他根本就不想承认有我这么一个孪生弟弟存在。”

我还是感到难以置信，但是有必要切入主题：“你刚才说，‘看来，他已经观看过我的魔术表演了’，是指罗谦辰看到了你的魔术表演吗？”

杰克大师道：“给你一点提示，天台上的水箱，水箱里的女孩。”

我道：“你这是承认你的罪行了？黄煜心是你杀的对吗？”

杰克大师道：“我只是让她协助我完成了天台上的那场魔术表演。”

我道：“罗谦辰说，你对黄煜心进行了催眠。”

杰克大师道：“没错。她购买机票，飞往你所在的那座城市，进入那座老旧的酒店，这些全都是在我的催眠引导下完成的。”

我道：“你为什么要这么做？”

杰克大师道：“因为她是我的魔术助手，这是助手应该完成的任务。”

我道：“两年前，她成为你的助手，也是被你催眠的结果吗？”

杰克大师道：“那你可就太高抬我了，催眠这种技巧，如果不是对一个人相当了解，是无法完成的。两年前，黄煜心来剧场看过我的表演，而我当时正好在招聘助手，是她毛遂自荐，成为我的助手。”

我问：“你是从什么时候开始，对她进行第一次催眠的呢？”

杰克大师道：“是她求我的。她一直被困在一个黑暗的回忆当中无法自拔，如同陷入泥沼当中。她得知我会催眠术，于是请求我对她进行催眠，帮助她从黑暗中走出来。”

我道：“于是在这个过程当中，你深入了解到她那段不堪回首的伤痛往事。”

杰克大师道：“是的。在一次又一次的催眠下，她对我彻底放下防备，我可以在任何一个不经意的时候将她催眠，她会在无意识的情况下，听从我的摆布。很快我发现，只要对她播放黄梅戏当中《孟姜女》的曲调，她就会瞬间进入那段黑暗的回忆中。”

我道：“那段黄梅戏曲调，就是她表哥侵犯她当天，她正在练习的戏曲对吗？”

杰克大师道：“没错。我发现，只要她听到这段戏曲，便会向剧场的天台跑去，然后往天台的水箱里钻。好几次要不是我救了她，她就被淹死了。当时我们的演出剧场在另一个地方，天台上的水箱只有一米多高，黄煜心很容易就可以爬进去，所以当时我并没有发现任何端倪。让我感到奇怪的事情，是在不久前发生的。我们在外地进行了一场演出，演出结束后，剧院的后台广播里突然播放起了《孟姜女》。黄煜心听到后，又一次陷入那种状态中。她开始往天台跑，我追到了天台，黄煜心已经不见了。那座剧院的天台上只有一座水箱，有 4 米多高，现场也没有任何可供攀爬的梯子。我看见她的衣服散落在水箱前，我靠近水箱，听到水箱里传来了敲打声。我立刻叫来了工作人员，搬来了梯子，打开了水箱，将黄煜心从里面救了出来。可是，没人知道她是如何徒手爬上 4 米高的水箱并且钻入其中的。”

我问：“那后来你搞清楚她是如何进去的吗？”

杰克大师道：“陈警官，你相信这个世界的一切都来自你的认知吗？”

我道：“你还没有回答我的问题。”

杰克大师道：“我正在回答你的问题。请问你相信这个世界其实是由你的认知所创造出来的吗？”

我道：“你是说世界观吗？的确，我们每个人对于这个世界的认知都是不一样的。”

杰克大师摆了摆手道：“不、不、不，你没明白我的意思。我的意思是，我们所处的这个世界，其实就是我们每个人精神世界的某种反馈。”

我道：“你想说……客观世界其实是由我们的主观意识构建出来的？”

杰克大师道：“没错。是精神创造了物质世界，换句话说，物质其实并不真实存在，只是我们的精神世界所假想的产物。”

我道：“你这是典型的唯心主义言论！唯物主义告诉我们，这个世界的一切都是物质的，不存在所谓的那种精神。”

杰克大师道：“你这话和我哥哥当年对我说的简直一模一样。”

我道：“你是说，你和罗谦辰讨论过这个问题？”

杰克大师道：“是的。那年我们才 17 岁，我在孤儿院得知自己有一个孪生哥哥，于是就主动找到了他。我们约在那座酒店的天台见面。”

我道：“那座酒店？就是黄煜心沉尸水箱的那座酒店？”

杰克大师点了点头道："是的，当时那座酒店的天台并没有上锁。那天晚上，我和罗谦辰约在天台见面。我向他阐述了自己的世界观，也就是我刚才对你说的那些。我原以为自己的孪生兄弟会懂我，但他就和其他人一样，对我进行了一番批驳，认为我的理论是胡说八道。我就记得当时罗谦辰指着天台上的水箱对我说：'精神创造物质世界？难不成我现在想象那座水箱上有一扇门，我就能拉开门走进去了吗？客观事物是不会随着我们的意志而转移和改变的！'"

我道："所以你这次的行为是为了证明给罗谦辰看？"

杰克大师道："没错。我发现，人在某种特定的条件下，会进入真实的精神世界当中，在那种状态下，我们所谓现实世界的客观事物，会随着这个人的思维而发生改变。"

我道："也就是说，如果人进入这种状态，他想象自己能够穿墙而过，就真的可以穿墙而过？"

杰克大师点了点头道："没错，而黄煜心就可以进入这种状态，这是一种需要极高天赋的人，在彻底激发了潜意识时才能够进入的状态。"

我道："难怪罗谦辰会反驳你，你的这些言论简直是无稽之谈。"

杰克大师道："可是我的确成功了。我利用催眠术，让黄煜心自己去了那家酒店……"

我道："其实你不必催眠她，你完全可以骗她说是工作需要，让她入住那家酒店。"

杰克大师道："当时她已经从我这里离职了。她在清醒的状态下，是不会听从我的指挥的，所以我只能对她进行催眠。"

我道："按照罗谦辰的推理，当晚 11 点半，她突然从催眠状态中觉醒了对吗？"

杰克大师道："没错，她觉醒了，慌里慌张地走进电梯要下楼。好在这一切都在我的计划范围内。我让我的新助手提前在电梯的控制室内等候，黄煜心一进入电梯，他便控制电梯停止。黄煜心当时已经意识到，是我对她进行了催眠，她才会莫名其妙地出现在那座酒店里，她意识到了危险，于是就有了电梯内的一系列怪异的举动。后来她走出电梯，看到了走廊尽头的我，和我发生争吵。我立即播放了黄梅戏《孟姜女》，她便进入了那种特定的催眠状态，于是转身从楼梯上了天台。"

我道："难怪在调查的时候，有多名 13 楼的住客说当时听到走廊里传来了黄梅戏的戏曲声。"

杰克大师道："是的，接下来，她便上了天台。我们提前打开了天台的门。"

我道："控制室和天台的钥匙，都是你们提前偷好备份的吗？"

杰克大师笑了："别忘了，我是魔术师，我可以在深水中用一根铁丝打开手铐。"

我道："所以你们也用铁丝捅开了水箱顶盖的锁，并且准备好了梯子。黄煜心就这样在被你催眠的状态下，爬上梯子，自己钻进了水箱。"

杰克大师道："我从未打开过水箱的顶盖，也从未准备过梯子。"

我问："那黄煜心是如何钻进那个 3 米高的水箱的？"

我道："你是说，在当时特定的催眠状态下，黄煜心想象水箱侧面有一扇门，于是她就拉开那扇门走了进去？"

杰克大师道："没错，她直接穿透水箱的金属侧壁，进到水箱内部。"

我问："所以你就是为了让罗谦辰相信你的理论，杀害了黄煜心对吗？"

杰克大师道："我一直在关注我哥哥的动向，我看过这两年多来你所破获的那些案件，外界一直流传，有一个监狱中的神秘人在帮助你们警方破获那些案件，而我哥哥刚好在那座监狱，所以我很容易得出一个结论，那些案子是罗谦辰协助你们侦破的。”

我道：“所以你选择在我的辖区内以这种方式杀害黄煜心，是因为你知道，这个案子会由罗谦辰来协助侦破对吗？”

杰克大师道：“没错，我要让他知道，他错了。”

我苦笑起来，掏出手铐：“跟我走一趟吧，我带你去见你哥哥，你可以当面和他聊清楚。”

杰克大师露出了神秘的笑容：“不好意思，现在还不是时候。”

他说着，转身便跑。

我立即追了上去。只见他冲进了走廊尽头的衣柜中，可是当我拉开衣柜的柜门时，里面却空空如也，只剩下一张字条，上面写着：“代我向我哥哥问好！”

我联系了当地警方，追捕杰克大师。我试图调查他的身份，却发现，他从事一切商业活动所使用的全都是精心伪造的假身份，或是他人的身份证件。

就连他的真名是什么，都无从得知。

这个人就像是凭空虚构出来的一般，没有给我们留下半点信息。

我回到本市，带着那张字条找到了罗谦辰。

罗谦辰看着字条，缄默了片刻，而后道：“他在向我宣战。”

我道：“宣战？你是说，他还会继续作案？”

罗谦辰点了点头道：“下一次，他的作案手法会更加高明。”

我道：“能告诉我关于他更多的信息吗？”

罗谦辰摇了摇头说：“我对他知之甚少，我和他只见过一面，就是

17 岁那年，他突然找到我。在那之前，我根本不知道他的存在。我们的父母也早就亡故，关于他，我找不到任何线索。”

我道：“他当时为什么要找你？”

罗谦辰道：“他说他找到了这个世界的真相，他说，这个世界是假的。”

我道：“这也是你的口头禅。可他却说你当时严厉地驳斥了他。”

罗谦辰道：“是的，因为我当时的确无法理解他的世界观，于是我们在那座酒店的天台短暂地见面之后，就不欢而散了，那之后我就再也没有见过他。”

我道：“所以你现在是认同他的？”

罗谦辰道：“我认同他的那句话——这个世界是假的。”

我道：“可是你认同他的理论吗？我更愿意相信，黄煜心是顺着梯子爬上 3 米高的水箱，而后钻进水箱内部的。”

罗谦辰没有说话，表情显得不置可否，他似乎想说什么，但又没有开口。

我找到那天在剧场配合杰克大师完成那场水箱魔术的观众，她告诉我说，其实她是杰克大师请的托儿。她和她姐姐是一对双胞胎。当时，杰克大师扔出的飞盘是遥控控制的，会精准地飞到她手里。她上了台，而她的双胞胎姐姐早就藏在了水箱顶部金属盖的夹层中。那个夹层表面上很窄，但实际上是可以藏得下一个身材娇小的女性的，这是魔术常用的障眼法。她被杰克大师用黑布罩住，杰克大师打完响指之后，她脚底的地板就会打开，她便会应声坠落到舞台下的气垫上。而同时，水箱顶部的夹层会被遥控开启，她姐姐便直接坠落进水箱的水中。一切看上去，就像是女孩被瞬间转移进了水箱一样。

这就是杰克大师那天所表演的舞台魔术的奥秘。

我坚持相信，天台水箱沉尸案，是黄煜心在被催眠的状态下，顺着梯子爬上水箱顶部，通过顶部打开的检修口钻进水箱内部的。

于是，我按照这种推理，重现了案发现场当天的手法，发现无论是控制电梯，还是搭梯子爬上水箱，这些都可以按照推理的设想来完成。

但是最后，有一点是怎么也无法完成的。

我们找了多名和黄煜心身形一致甚至更加瘦小的女孩参与测试，发现了一个之前被我们忽略掉的事实——那个检修口，根本不足以让她们的身体完全进入水箱。几名测试者在测试过程中，全都在身体探入检修口一半时被卡住。

也就是说，黄煜心即便爬上了水箱顶部，打开了水箱盖，也无法从检修口进入水箱的内部。

那么她到底是如何进入水箱的呢？

我到现在也想不明白。

第三个案例

烟囱里的少女

烟囱里的少女

今年的公历四月，是农历三月。阳春，万物复苏，大地在温暖的气候下彻底解除了冰冻，一些结束冬季沉眠的生物在悄然爬出地缝，一些植物已经或正在破土而出。这是一个象征着新生的季节，同时，却有人在残忍地扼杀生命。

我为自己泡上一杯茶，独自一人坐在办公桌前喝了起来。办公室外，同事们都在忙碌地处理着各种卷宗文件。

或许是茶的作用，我总感觉有些焦躁不安，像是有什么案子要发生。

黄朗兴冲冲地走到我面前说："老陈，走，打枪去。"

前段时间警队大比武，黄朗在射击项目上名列前茅，拿了个第二名。第一名是特警队的一名女警。

输给了女警，黄朗这直男癌的脾气就上来了，这段时间在疯狂练枪。

我说："老黄，行了，休息休息，第二名已经很厉害了。"

黄朗道："那哪儿能行啊，老陈？输给妹子，咱刑侦队的面子往哪儿搁？"

我喝了口茶道："这我就得批评批评你了，老黄。妹子怎么了？你必须承认，这些年头，女警的业务能力不但不比我们这些大老爷们儿差，甚至在许多方面已经超过了我们。你不能老是抱着性别意识去看待事情，男女平等，输给妹子不丢人。”

黄朗刚要说些什么，办公桌上的电话便急促地响了起来。

我接起听筒，片刻之后便放下了，面色凝重。

5 分钟后，我和黄朗下楼，上了警车。黄朗开车，我坐在副驾驶座上。车子一路开到了郊外，在一片茂密的树林边停了下来。我们下了车，快步朝林子里走去。

林子的深处有一座土屋，土屋的周围已经被提前赶到的民警拉起了警戒带。

我和黄朗撩开警戒带，进入现场。

土屋的旁边停着一辆拆迁用的挖掘机，土屋的烟囱断成了两截。而问题，就出在这烟囱里。

我和黄朗走向断掉的那截烟囱，愕然发现里面蜷缩着一个人。这个人浑身赤裸地卡在烟囱里，其头朝下，脚朝上，双臂抱胸，整个人蜷曲在狭窄的烟道当中。由于尸体已经高度腐败，所以一时之间无法分辨男女。直到我们将那截烟囱砸碎，将尸体彻底暴露出来，才从其胸部特征判断出是一名女性，且很像是一名少女。

很快，尸体被物证人员装车，送往法医鉴定中心。

发现尸体的，正是这座土屋的主人郭凯德，今年 52 岁，是一名地产商人。20 年前，他在林子里的这块地皮上建造了这座土屋。土屋闲置着，一直没有人住，也无人打理。

最近，他突然想起了这块地皮，想把土屋拆掉，在原地建造一座别墅。可没承想，刚拆了烟囱就发现了这恐怖的一幕。

现场，一名警员分析道：“土屋的左侧有梯子可以爬上屋顶，会不会是个意外？这个人想进土屋，但屋子是锁着的，于是她想从烟囱钻进去，可谁知道半路卡住了，于是就死在了里面？”

黄朗听完后，怒道：“胡说！女子浑身赤裸，一丝不挂，你会自己脱光了衣服往烟囱里爬吗？”

黄朗站在警戒带外，给自己点上了一支烟，猛吸了几口，而后道：“她要么是受人胁迫，要么是被人杀害之后扔进去的，总之，她不可能自己爬进去。这是一起谋杀案！凶手知道这座土屋早就闲置很多年了，于是想利用这座土屋的烟囱藏尸体。”

对郭凯德以及现场实施拆迁的工人的进一步询问工作，我们交给同事进行。我俩上了车，往市局方向开去。

黄朗一边开车，一边叼着烟道：“你说这队伍还怎么带？这届毕业生不行啊，这么明显的他杀现场，愣是给分析成了意外事故！”

我道：“老黄，少抽点烟，对身体不好。另外，脾气别老那么暴躁，你这么说人家孩子，他以后更不敢发表自己的看法了。”

黄朗道：“老陈，不是我说，当年咱们毕业的时候，一出来就破大案要案。”

我道：“好像不对吧，老黄。我记得咱第一次搭档侦查的那个案子，一起碎尸案。那凶手到现在都还没影子吧？”

黄朗被烟呛着了，不住地咳嗽起来：“你提那案子干吗呀？提起来我就有气！当时是没条件，城市里也没个天网系统，到处都没安装摄像头。那破案子要是换作今天，早就破了，也不至于成了个无头悬案。”

我道：“还有一回，抓赌博团伙。我说等线人先确定是哪一户再冲，你非不听，一脚把人家门给踹开了，结果不是，咱还倒赔了别人防盗门的钱！”

黄朗一阵脸红：“我说老陈，你今天怎么老揭我的短啊？我那不是没经验，着急破案吗？”

我道：“这就对了嘛！每个人都年轻过，都有没经验的时候。经验都是一步一步积攒出来的，你我也都一样。”

黄朗道：“行行行啦，老陈！你这话说得，怎么跟我妈似的？唠里唠叨的。”

我道：“那怎么着？你的生活起居，我可没少照顾你吧？咱俩现在蜗居在一块儿，要是没我打扫卫生，就你那个卫生状况……”

黄朗道：“欸，这话可就说得没良心了啊，老陈！每天早上，是谁给你煎的荷包蛋？我跟你说，我这煎蛋的功夫，可是从我妈那儿学来的，你到哪儿都吃不到这么好吃的荷包蛋！”

我道：“我看外面的店里也都有啊，没什么稀奇的嘛！”

黄朗道：“你看看，你看看，不懂了吧？外面店里的爱心荷包蛋，都是用爱心状的磨具烙出来的。我这可不一样，我这纯粹是用心做出来的，这可是门手艺，是门技术活儿。我也只做给你吃，其他人根本见识不到！”

下午 5 点，我和黄朗来到市局法医鉴定中心领验尸报告。

陈小芸给我们介绍尸体情况：“死者，性别女，身高 162 厘米，生理年龄 17 岁。死者死亡时间超过两个月，死因是冻死的。从死者的声带发育来看，她不具备说话的能力。死者是一名哑女。”

从法医鉴定中心离开后，我和黄朗有了一种猜测：有人长期囚禁这名哑女，哑女逃了出来，为了躲避追捕，她爬上屋顶，躲进烟囱里，结果卡死在里面。

我们通过死者大拇指的指纹，输入指纹数据库内进行比对，很快与死者登记二代身份证时录入的指纹数据匹配上了，由此确定了死者的身份。

死者名叫米小婷，是一名孤儿，一直住在本市的晴朗孤儿院内。我们查到报案记录，发现半年前，孤儿院报案，称米小婷走失了，一直没有找到其下落，没想到发现她时，她已经离开人世。

当晚，我们直奔位于本市老城区的晴朗孤儿院了解情况。

我们找到了孤儿院的院长刘宁。刘宁是一名 50 多岁的女士，当她得知米小婷的死讯时，当场哭了出来。

为了保险起见，我们带她到停尸房认尸。刘宁一眼便认出死者正是米小婷。

我们开始询问起米小婷走失的经过。

刘宁带着哭腔道："米小婷很喜欢画画，我给她报了培训班，那培训班就在距离孤儿院一千米远的地方。可是那天，培训班打来电话，说米小婷没有去上课。我就一直等，也没等到米小婷回来。到了晚上，我意识到不对头，就向派出所报了警。可谁能想到小婷竟然……竟然……以这样的方式再次出现在我面前……"

我问："米小婷走失的具体日期你还记得吗？"

刘宁道："当然记得，去年的 9 月 15 日。"

我点了点头。没错，根据报案记录来看，的确是去年的9月 15 日。我这么问只是在试探她，看她是否记得日期。

我接着问："米小婷去培训班学习是几点到几点？"

刘宁道："下午 2 点到下午 5 点，一共培训 3 个小时。"

我问："米小婷是几点离开孤儿院的？"

刘宁道："1 点半，她会走路 15 分钟到培训班。一般来说，她都会在 1 点 45 分到 50 分出现在培训班里。”

我问：“你是当天晚上几点报的案？”

刘宁道：“我记得是晚上 9 点多。”

我点了点头，这点也和报案记录吻合。

我们从刘宁这里获得了培训班的信息，便让她回去了。此时，已经是晚上 10 点半，我们也该下班了，明天再到那个培训班进行调查。

忙于调查，我们还没来得及吃晚饭。

黄朗说：“老陈，今晚你可有口福了。昨天我买了鲈鱼，还没来得及做呢，今晚给你做一道清蒸鲈鱼，保准把你鲜得掉牙。”

回了家，黄朗便直奔厨房，开始制作清蒸鲈鱼。

我疲惫地躺在沙发上，脑子里面嗡嗡直响。因为我总能把自己代入被害人的角色当中。一想到米小婷长期遭受的非人对待，一想到她在土屋烟囱里的垂死挣扎，我就感到浑身难受。

我必须抓到凌辱她的凶手。

次日上午，我和黄朗来到培训班进行调查。培训班的老师对我们说：“我们培训班是专门接收聋哑孩子的，米小婷的情况相对较好，她只是哑，但是不聋。米小婷绘画很有天赋。”

随后，老师们向我们展示了米小婷的画，画得确实很好。他们反馈说，去年的 9 月 15 日，从下午 2 点上课，到 5 点下课，这 3 小时一直都没能等到米小婷。

也就是说，米小婷是在从孤儿院离开前往培训班的路上被人拐走的。也就是 9 月 15 日的下午 1 点半到 2 点之间。

去年的监控录像已经无法查到，当时派出所的民警同时查找过，但由于老城区监控盲区实在太多，根本无法看到米小婷是如何失踪的。况且当时是按照一般失踪人口去查，并未上升到刑事案件，民警经验不足，导致米小婷失踪至今才被发现。

我和黄朗决定回到树林的土屋周边搜索，因为如果按照我们昨天分析的那样，米小婷浑身赤裸从囚禁她的地方逃了出来，而后躲进烟囱里，说明她逃出来的地方很可能距离土屋并不算太远。

我们安排了大量的人手，在土屋周围方圆 3 千米的地盘进行了地毯式搜索，可是都没能发现具备囚禁条件的地方，这里除了树林还是树林。

黄朗提出了他的猜想："土屋距离公路只有 1.5 千米远，会不会当时凶手开车载着米小婷在路边停靠，米小婷趁凶手不注意，跑下车，一路跑到了土屋，凶手追了上来，米小婷从土屋左侧的梯子爬上屋顶，躲进烟囱里。"

我觉得颇有这种可能性："当时凶手应该是打算开车将米小婷从之前囚禁的地方转移到新的地点去。可能是车子中途出了什么问题，也可能是凶手下车解手，总之米小婷找到契机逃了出来。"

黄朗长叹了一口气说："只可惜她慌不择路，葬送了性命。"

针对囚禁米小婷凶手的调查足足进行了一周，丝毫没有进展。我感到焦躁难安，食欲不振，每天深夜回到家都不想吃东西。

"你怎么能不吃东西呢，老陈？"黄朗道，"你看哈，这个清蒸鲈鱼，你大概是吃腻了。我今天呀，给你换了个花样，酱爆猪蹄儿！你看怎么样？这位客官，是否赏光啊？"

我没精打采道："案子破不了，吃不下，你自己做了自己吃吧。"

黄朗道："那哪儿能行啊？这个酱爆猪蹄儿不行，那蒸羊羔、蒸熊掌、蒸鹿尾儿、烧花鸭、烧雏鸡、烧子鹅、卤猪、卤鸭、酱鸡、腊肉、松花小肚儿、晾肉、香肠、什锦苏盘、熏鸡白肚儿、清蒸八宝猪、江米酿鸭子、罐儿鸡、罐儿鹌鹑、卤什锦……”

我被黄朗这一通报菜名弄得哭笑不得：“行了行了，你快去做，我吃还不行吗？”

第二天上午，案情发生了重大转折。郭凯德向我们报案称，他正在拆自己的第二座土屋，同样是拆烟囱的时候，发现里面也蜷缩着一个女人的尸体。

我和黄朗立即赶到现场。

这座土屋位于湖边。现场已经被提前赶到的同事封锁了起来，我们撩开警戒带走了进去。

我问郭凯德道：“你到底有几座土屋？”

郭凯德说：“当年一共建了三座，我这段时间打算全部拆掉，这谁能想到，拆第二座又拆出尸体来了。”

黄朗像是意识到了什么，而后说：“还有一座在哪儿？带我们去！”

随后，我们在郭凯德的引领下，一路驱车，来到了他的第三座土屋。这座土屋位于山麓。

黄朗爬上了土屋的屋顶，用手电筒向土屋烟囱内探去，而后冲着我们大喊道：“这里面，也有一具尸体！”

继第一具尸体出现之后，郭凯德的另外两座土屋烟囱内又接连出现两具女性尸体，这便推翻了我们之前的推理。

按照之前的推理，死者是为了躲避追捕，藏到郭凯德土屋的烟囱里被卡住冻死的。可目前看来，情况并不是这样。这很明显是一起有组织、有预谋的连环谋杀案。这起连环谋杀案的最大嫌疑人，便是报案人郭凯德，因此他必须向我们解释清楚，为什么三具女性尸体全都分别出现在了他的三座土屋当中。

审讯室里，郭凯德显得十分慌乱，不停地说："二位警官，我真的不知道是为什么啊！"

黄朗道："难不成你想告诉我们，你的三座土屋烟囱里全都出现尸体，是个巧合？"

郭凯德道："要是我干的，我干吗报警啊？"

黄朗道："这是一种常见的反向操作，很多凶手都会利用主动报案来洗刷嫌疑。"

我问："你为什么会有这么多座土屋？你建造它们的目的是什么？"

郭凯德道："唉，还不是为了风水考虑。"

黄朗道："风水？你少给我在这里宣扬封建迷信啊！"

郭凯德道："真是为了风水，20 年前，我做地产生意的时候很不顺利，就找了位风水先生。那个风水先生就给我指了这三块地，这三块地分别相距 30 千米，而且连起来就是一个等边三角形，象征生意能够长久稳定。于是我按照风水先生的指示，买了这三块地，在这三块地上建造了土屋。"

我问："你按照这个风水先生说的做了之后，生意怎么样？"

郭凯德道："果然，生意立马好转了起来，所以从那之后，我就特别信风水。"

我问："之后你还找过那个风水先生算卦吗？"

郭凯德道："我去找过，但怎么也找不到了，于是请了别的风水先生指导我。他说土屋太小了，建议我造得更大些，这样才能装进更多的财，所以我就打算把这三座土屋全部拆了，在原址上造更大的房子。”

对郭凯德的审讯工作，我交给黄朗继续进行。

傍晚6点半，我独自一人来到法医鉴定中心。陈小芸已经完成了对两具尸体的尸检工作。她领着我走向其中一具尸体，对我说：“死者性别女，身高163厘米，生理年龄17岁，死因是冻死。从死者声带发育来看，她不具备说话的能力。死者死亡时间是两个月前。”

随后，陈小芸领着我走向另一具尸体，对我说：“死者性别女，身高165厘米，生理年龄17岁，死因同样是冻死。死者也不具备说话能力。死亡时间，同样是两个月前。”

三名死者全都死于两个月前，全都是哑女，阴道内提取到了同一个人的精斑。

也就是说，当时很可能是凶手强迫她们钻进烟囱的，由于烟道狭窄，她们被卡死在了里面，两个月前天气寒冷，所以很快就冻死了。更有可能，她们在进入烟道前就死了，她们是在死后被人塞进烟囱里的。

那么凶手这么做的目的，究竟是什么呢？我怎么也想不明白。

随后，我进入监狱，请教罗谦辰。

罗谦辰对我说：“风水。凶手的行为逻辑和动机会不会和风水有关呢？”

我打开电脑，点开了本市的卫星地图，而后在地图上圈出了三座土屋的位置，连起来果然是一个等边三角形。

我注意到，在这个等边三角形的正中央，是一栋很诡异的老房子。我想，这三座土屋会不会和这个老房子有关呢？

我们进入审讯室，继续讯问郭凯德，可是他却并不知道有这栋房子存在。

这栋房子在网络上也并未搜索出任何资料，所以我决定和黄朗一起，前往这房子里一探究竟。

深夜10点，我们离开市局，上了车。黄朗开车，我坐在副驾驶座上。车子一路朝着定位点——那座位于等边三角形中央的房子开去。迷雾在山路上游荡着，大约40分钟后，我们终于来到了位于山谷中心的那栋房子。

那房子看上去已经十分老旧，花岗岩大理石上布满了裂纹，裂纹交织而成的网状沟壑和罅隙间挤满了黑色的污垢。

房子的窗户全都漆黑一片，黄朗道："老陈，这房子看上去废弃了很多年了，你确定咱要进去看看吗？"

我道："怎么了？你怕了？"

黄朗道："那哪儿能啊？来都来了，走呗。"

我和黄朗朝房子走了过去，房子的正门是锁着的，每一扇窗户上也都装有铁栅栏。我们围着房子转了半圈，发现房子的后门竟然是虚掩着的，于是推开门走了进去。

我们打开了警用手电筒，举起手枪，在伸手不见五指的房子内探索起来。就在这时，我们听到"砰"的一声，有什么东西关上了，紧接着是什么东西被锁上的声音。我们立即转身向后门跑去，却发现后门不仅被关上了，还被锁上了一道牢固的铁栅栏。

这铁栅栏是从上往下落下来的，所以没有明锁，故而用手枪击碎明锁开门的方法在这里没有用武之地。

黄朗大吼道："出不去了！"

我道："别急，找一找，总会有别的出路。"

黄朗道:“我担心的不是这个，老陈。我们一进来，这门就锁上了，说明是有人控制这门的铁栅栏锁上的！我们是被人请君入瓮包了饺子！”黄朗故意说得很大声,“出来啊！有本事出来，咱爷几个会会？”

偌大的房子大厅内，只有黄朗的声音在幽深的黑暗中环绕着，没有任何人回应我们。

就在这时，有什么东西朝我们扔了过来，像是金属罐子。

随后，那罐子开始冒烟，我和黄朗立即捂住口鼻。

已经来不及了，一瞬间我吸入了大量的烟雾。旋即便是一阵晕眩，整个世界一片黑暗，我的整个身体向下坠落，跌倒在了地面上，失去了全部的意识。

当我醒来的时候，发现自己躺在医院的病床上。

“你醒啦。”黄朗道。

此时，黄朗坐在病床边看着我。

我道:“我记得我们在那个老房子……”

黄朗道:“现在没事儿了，当时还好我把口鼻捂得及时，一枪把那家伙的腿给射瘸了，然后逼他打开了门。”

我迷迷糊糊道:“我这是……”

黄朗道:“你没事了，吸了点迷药进去，给你抽血化验过了，没啥大碍。当时那家伙就躲在祭台后面盯着咱们呢，他看我们持枪，知道我们是警察，就把迷药罐给扔出来了。”

我问:“凶手现在……”

黄朗道:“在医院取了子弹，现在人在咱支队审讯室里呢，就等着你去亲自审讯他了。”

审讯室里，这个男人看上去十分冷静。我和黄朗来到他面前，隔着桌子，和他相对而坐。

男人道:“我还真没想到，你们能够找到那里。”

我道:“看来你承认那三个女孩的死和你有关了？”

男人道:“这是场献祭仪式，就是为了换来我已经死去的爱人的复活！”

我道:“所以当年就是你要求那位老板建造这三座土屋的？”

男人点了点头道:“没错，三座土屋，必须经过20年的积淀，才能实现献祭。”

我道:“那，那座老房子呢？就是我们抓住你的那座房子。”

男人道:“那其实是一座坟墓，下面埋葬着我爱人的遗体。”

黄朗道:“那你的爱人复活了吗？”

男人摇了摇头说:“献祭仪式中断了，复活没能成功。”

黄朗冷笑着说:“即便不中断，你的献祭仪式也不会成功！你就是个十恶不赦的杀人犯，一个充满了精神病臆想的疯子！”

为了证实男人的话，我们拆除了那座老房子，挖开了老房子的地面，果然在里面找到了一具女尸。

第四个案例

沉默的罂粟花

沉默的罂粟花

5 月，春夏交替，气温逐渐升高。那些已经死去的物种，也随着温度的升高而加快了腐烂的速度。

那天上午，城市里的薄雾还未散去，我和黄朗便出发了。黄朗开着车，我坐在副驾驶座上。我俩面色都非常凝重。

这次的报案人，并不是普通民众，而是市局禁毒支队的同事。

我们来到现场。

这里是一片郊外的荒野，长满了杂草和野花，而其中一片野花在花丛中显得格外醒目。那娇艳欲滴的血红色，让所有人都警觉起来，因为那片血红色的花丛，便是可以用来制作鸦片的罂粟花。

起初是一位户外摄影师发现了这片罂粟花丛，于是立即向禁毒支队报案；禁毒支队的同事赶到现场后，开始对罂粟花展开清除工作，而令所有人都感到大为惊愕的是，在对罂粟花进行连根拔起式的斩草除根工作时，铁铲掘开的泥土层下，露出了一块疑似人体组织；在继续深挖之后，一具人类的尸体便暴露在天幕下。

禁毒支队的同事立即向我们刑侦支队通知了该情况，随后我们便来到了案发现场。

我凝视着泥土坑中的尸体道："这具尸体已经严重腐败，彻底白骨化，看上去应该是在土里埋葬了很长时间。”

黄朗捂着口鼻道：“现在的问题就在于，种植罂粟花的和杀害并埋葬尸体的，到底是不是同一个人。”

我道：“我感觉不会是同一个人所为，因为一个人如果要埋尸，意味着他要隐藏尸体，而在隐藏点种下罂粟花的行为，无疑会增大尸体暴露的可能性。如果凶手足够聪明的话，他不会选择这么做。”

黄朗点了点头道：“那么只有一种可能：这些罂粟花是通过自然方式传播的，凶手并不知道此处有罂粟花种，于是在此处埋尸。可谁承想，罂粟花开，禁毒支队来除花，暴露了尸体的存在。”

我认同黄朗的分析，同时和禁毒支队的同事展开了交流，他们决定到附近村落进行调查，看看是否存在人为的罂粟花种传播源。

尸骨被送到了市局法医鉴定中心，傍晚时分，尸检结果出来了。我和黄朗来到了法医学解剖室。

陈小芸向我们介绍尸体情况：“从骨盆来看，死者性别女；由骨龄分析，死者生理年龄 18 岁，身高 161 厘米。死者颅骨后脑勺有被钝器重击的痕迹，这便是死者的致命伤。推测死亡时间，是在去年的 11 月份。好了，更详细的内容，我都写在尸检报告上了，你们自己看吧。”

她说着，将尸检报告递给我，便径直朝门外走去。

黄朗道：“欸，我说，你今天这么着急，干吗去啊？”

陈小芸道：“谢队长约我吃饭。”

陈小芸离开后，黄朗对我道：“这姓谢的，每天不务正业，咱哥俩全都在一线忙着办案，他倒是挺悠闲的，有事儿没事儿约陈小芸吃饭！”

我道：“你闲下来也没见你约陈法医呀！”

黄朗道：“老陈，你这话就说得没良心了啊！我闲下来的时候，不都陪你打《和平精英》去了吗？要不是我救了你，你落地 3 分钟就死在 P 城了！”

我尴尬一笑：“行了老黄，咱还是以破案为重，当务之急，就是查清死者身份。”

死者身份，很快便查清了。

去年 11 月 15 日，市区一派出所接到报案，报案人是一对夫妻，在市里经营一家米粉店，育有一儿一女，儿子 13 岁，女儿 18 岁。报案人称，他们的女儿于去年 11 月 13 日离家，一直未归，便于 15 日凌晨到派出所报案。失踪者至今未能寻得。

我们根据这一情况，叫来了这对夫妻，提取了他们的 DNA，然后和死者骨骼中提取到的 DNA 进行比对，确定死者正是他们的女儿。

这对夫妻，男的名叫曹仁贵，45 岁；女的名叫苏海桃，44 岁。

他们的儿子名叫曹天阳，女儿名叫曹雪阳。

我向死者曹雪阳的父亲曹仁贵详细询问其去年 11 月 13 日当天的情况。

我问：“去年 11 月 13 日，你女儿曹雪阳在家？按照她的年龄，她应该在上大学才对吧？”

曹仁贵说：“雪阳她上的大学就在本市，离咱家里不远，那天是周六，周末她都是回家来休息的。”

我问：“那天她是几点离开的家？”

曹仁贵说：“晚上出去的。”

我问：“晚上几点？”

曹仁贵想了想，然后说：“7 点半左右吧，吃完晚饭就出去了。”

我问：“她说出去干什么了吗？”

曹仁贵道：“说是约了大学同学出去玩，晚上要唱歌什么的。孩子都那么大了，我也没多问。”

我问：“她离开之后，深夜未归，你应该给她打电话了吧？”

曹仁贵点了点头道：“有。差不多过了0点，0点30分的时候，我见她还没回家，就给她手机打了个电话，但是没人接。”

我问：“是打通了没人接，还是压根没打通？”

曹仁贵道：“关机了。”

我问：“那之后呢，你没有给她同学打电话？”

曹仁贵道：“一开始我没在意，以为只是手机没电了。但是到了第二天上午，雪阳还是没回来，也联系不上，我有些着急了。我只知道她其中一个玩得好的同学的电话，打过去，但她同学说雪阳没跟她在一起，她也不知道雪阳跟哪些同学约的。我又问她要了其他一些同学的电话，有些没打通，有些打通了也都说雪阳没和他们一起。我又联系了雪阳的老师，老师也不知道雪阳去了哪儿。”

我问：“为什么14号当天不报警？”

曹仁贵说：“不是说不到24小时不能认定失踪吗？”

我深吸了一口气道：“你从哪儿听说的？”

曹仁贵道：“电影里看到的，网上也都这么说啊。”

我道：“那都是谣言，怀疑子女失踪，应该立即报警，我们警方会立刻立案寻人的。”

曹仁贵道：“我也不知道那是谣言啊。14号我就自己到处找了一整天，把附近的KTV都找了一遍，都没找见雪阳，一直找到15号凌晨，我看这都过了24小时了，可以报警了，于是就到派出所报了警。”

我道：“那之后呢？曹雪阳一直没有联系过你？”

曹仁贵摇了摇头道："一直失踪，警察也帮着找了，但是找不到人。我到处贴了寻人启事，在网上也发了寻人启事，但就是找不到人。我一直在安慰自己，女儿没事的，女儿没事的，可是真没想到竟然还是出事了……"他说到这里，喉咙哽咽，再也说不出话来。

我不知道该怎么安慰他，深感这一家的不幸，只能拍了拍他的肩膀道："放心，我们会尽快抓住凶手的！"

我市的监控视频资料最多保存3个月，而曹雪阳失踪、死亡至今已经过去半年，所以，现在想从各个路口以及各个营业场所的监控中寻找到曹雪阳的踪迹，是完全不可能的事情。

我询问了当时负责寻找曹雪阳的派出所民警，他们说当时的确调取了辖区好几个路口的监控，但由于老社区规划杂乱，岔路、小路太多，所以导致监控盲区过多，监控中并未找寻到曹雪阳的下落。

我当即就对该派出所的民警提出批评："不是你找不到，而是你当时根本没用心找，社区周围找不到，你就应该扩大范围去找，细致去找！保卫人民安全，不能有半点浮躁、怠懒和马虎！"

我联系了曹雪阳的老师和同学，证实了曹仁贵的话，11月14日上午，曹仁贵的确给曹雪阳的多位同学和老师打过电话，急切地询问曹雪阳的下落。我们同时去移动营业厅查询了曹仁贵的通话记录，证明了这些电话拨通属实。而16日周一，曹雪阳也的确再也没有出现在学校上课。

我们调查了与曹雪阳可能存在社会交集的全部人员，并未发现任何人有杀害曹雪阳的作案动机。

本案应该是一起非熟人作案，曹雪阳在11月13日晚离家途中，被陌生歹徒挟持，而后杀害。

案发地点距离曹雪阳的家，直线距离 20 千米，歹徒一定是驾驶车辆作案。那么我们首先怀疑，凶手会不会是出租车司机或者滴滴打车的司机呢?

曹雪阳平常并不用滴滴打车，我们询问了滴滴公司，也并未查询到曹雪阳手机号及其身份注册信息账号。

那么现在的焦点就集中在出租车和可能存在的黑车上。

本市一共有五家出租车公司，共有 6320 辆注册运营的出租车。本市所有的出租车都装有定位系统，出租车公司后台会对每一辆车每日的行驶路线进行定位，并且永久记录行程。所以我们通过联络这五家出租车公司，很轻易地查询到去年 11 月 13 日晚 7 点半之后，有哪些车在曹雪阳家附近接过单。

一共查询到了 125 辆车，其中有一辆车在行程记录中，到过案发现场附近！这辆车是在 11 月 13 日晚 7 点 35 分在曹雪阳家附近一个路口有过接单，于当晚 8 点抵达距离案发现场不足 1.5 千米的一处村落。

我们找到了该司机，询问了当时的情况，司机说，当时乘车者是一名男性。我们通过该男性下车前结账时所用的支付宝账号，查询到了该男子身份，经过对他的详细排查，确定他只是那片村落的常住居民，并不具备作案条件。

出租车的线索一下子断掉了，而可能存在的黑车由于不在监管范围内，所以根本无从查起。

为了尽快破案，我只好来到监狱，询问罗谦辰。

罗谦辰看完全部的案卷材料后，对我道："其实本案的重点就在于，为什么在凶手埋尸的土壤当中，会长出引人注目的罂粟花。"

我道："我和黄朗的推断是，自然传播导致的，花的种子会随着风和鸟类的粪便自然传播到土壤中生根发芽。”

罗谦辰道：“为什么否定了是凶手带去种子的可能性？”

我道：“这不合理，凶手既然要埋尸，就不可能在埋尸地种下罂粟花，那样会加速尸体的暴露。”

罗谦辰道：“也许，凶手并不知道自己种下了罂粟花。”

我不解道：“什么意思？难道那些罂粟花是凶手在埋尸体的时候无意中种下的？”

罗谦辰摇了摇头道：“也许，罂粟花的种子来自死者体内。”

我更是一头雾水：“什么？”

罗谦辰道：“死者生前应该有长期食用罂粟果的习惯，在死前不久很可能就服用过罂粟果，所以在她死亡后，消化系统停止，并未将胃囊内的罂粟果消化，于是在被掩埋后，罂粟果内的种子开始发芽，于是经过了半年的生长周期，在今年 5 月开出罂粟花。

“所以你现在需要查清楚，死者是通过什么渠道获得罂粟果的，也许杀害她的凶手，就是这条黑色产业链上的人。”

我立即联系禁毒支队的同事，让他们去调查本市关于非法销售罂粟果的产业链，但由于该类犯罪团伙一般隐藏极深，所以一时半会儿难有结果。

次日上午，我和黄朗查案路过曹仁贵的米粉店，便一时兴起进去一人点了一碗米粉。曹仁贵夫妻并不在，是他们雇用的两名店员在打理店里的生意。

黄朗一边嗍粉一边道：“他家这米粉确实挺好吃的哈。”

我点了点头，埋头吃粉，没说话。

就在这时，柜台处传来了一位女顾客的吐槽声：“你说你们店怎么回事儿啊？这两天的米粉难吃死了！你们是换了厨师还是缺了佐料？”

随着女顾客的吐槽，旁边也有多名顾客吐槽起来：“是啊，这两天的米粉太难吃了，大不如前啊！”

黄朗便道：“我觉得这米粉还挺好吃的啊，没你们说的那么难吃吧？”

女顾客道：“你是第一次来吃吧？”

黄朗道：“是啊，头回来。”

女顾客嘲讽地冷笑道：“那难怪，平常猪食吃多了，见着啥都好吃。”

黄朗拍案而起：“我说你怎么说话的呢？信不信老子……”

我赶紧拍了拍黄朗的肩膀：“行啦行啦，老黄，吃你的粉去。”

黄朗坐了下来：“不爱跟泼妇一般见识！”随后便继续嘲粉。

我向那位女顾客问道：“这米粉的味道，和以前差很多吗？”

女顾客道：“可不是吗，这两天也不知道怎么了，米粉变得一点味道都没有，显然是少了些什么调味料。哎呀，你们俩以前没吃过这家店的米粉真是太可惜了！这家店的米粉，以前可是吃了会上瘾的！”

旁边的一名顾客附和道：“是啊是啊！是真上瘾！一天不吃浑身难受，像是吸了毒一样！”

我和黄朗相互看了看，立马警觉起来，于是走向柜台。

我问店员：“你知道是什么情况吗？大家都反映味道突然不如以前了。”

那名店员道：“是啊，我早上也吃了，也觉得这两天的味道不如以前了。”

黄朗道：“你装什么蒜呢？这店里就俩店员，少了什么佐料你不清楚？”

店员道：“咱可真不清楚。汤料啊，都是老板提前调好的，我们只负责把米粉下锅里，哪知道汤料里多了些什么少了些什么啊？”

我道：“再给我来一碗牛肉粉，多加些汤料，打包带走。”

店员道：“好嘞！牛肉粉一碗！”

我们带着打包好的牛肉粉上了车，老黄说：“老陈，肯定有问题，这米粉的汤料里肯定有问题。”

我们将牛肉粉直接带到食药监局进行检测化验，但是并未在其中提取到我们期待的成分。

黄朗说：“不对，老陈。顾客们都说味道变了，我想，前几天案发现场冒出了罂粟花，曹仁贵夫妻应该是意识到了这一点，于是这几天就没有在汤料里加入罂粟壳。一直以来，他很有可能是将罂粟果壳碾成罂粟粉，悄悄混入米粉的汤料中对外销售，以增加销量。你想啊，按照那厨子的推理，曹雪阳才 18 岁就长期吞服罂粟果，她获取罂粟果的最直接来源很可能就是她自己家里！”

我道：“可是如果真是如此，曹仁贵现在已经做好了反侦查措施，所以我们很难在他店里或是他家里找到罂粟果。”

黄朗道：“如果他长期在汤料中加入罂粟粉，那么在他米粉店洗碗槽的下水管的弯道处，一定会有罂粟粉的残留物。”

我道：“对啊！所以我们只需要检查米粉店的下水管道就可以了！”

可是，当我们回到米粉店进入后厨搜查时，却发现，曹仁贵已经在前天命人将店里的下水管道全部更换成新的了。

曹仁贵突然更换下水管道的行为，反而更加增大了我们的怀疑，如果真是这样，说明曹仁贵是一个极具反侦察能力的人，他已经提前计算好了一切。

黄朗道：“老陈，我有个大胆的想法。”

我道："你说。"

黄朗道："我怀疑，曹仁贵就是杀害他女儿曹雪阳的凶手！"

我也认同。

当天夜间，我们前往曹仁贵家中，对其进行问话。我和黄朗进入他米粉店后厨搜查的行为，一定已经引起了他的警觉，他知道，我和黄朗在怀疑他。

曹仁贵的儿子曹天阳在书房里做作业，曹仁贵的妻子苏海桃为我们切好了水果放在茶几上，而后进里屋看电视去了。

我和黄朗在客厅对曹仁贵进行问话。

我道："曹老板，是这样的，关于你女儿的情况，我还是必须进一步地对你进行讯问，接下来我要问的问题，如果冒犯到了你，希望你不要介意。"

曹仁贵看似礼貌地笑了笑："陈警官，您随便问。"

我道："那我就开门见山了。你女儿曹雪阳，生前是不是长期吞服罂粟果？"

曹仁贵一脸茫然："罂粟果？你是说做鸦片的那个罂粟果？"

我道："是的。"

曹仁贵道："那怎么可能呢？我女儿绝不可能沾染这种东西的。"

我又问："可是我们的尸检结果证明，你女儿的确有长期吞服罂粟果的习惯。"

这点是我骗他的，其实由于死者被发现时已经完全白骨化，所以法医并没有在死者体内提取到罂粟果。我这么说，就是想诈他，看看他的反应。

曹仁贵道："这不可能的，陈警官，一定是你们的法医搞错了，我女儿怎么会去碰罂粟果呢？”

我道：“是这样的，我们去了你店里，你应该知道。我想请问，你为什么这两天突然把店里的下水管道给更换了？”

曹仁贵耸了耸肩道：“以前的下水管道老爱堵塞，疏通了几次都不见好转，我干脆换个新的，这也有问题吗？”

我笑了笑，决定继续诈他：“这倒是没什么问题。不过嘛，我们刚好找到一位顾客，他一周前在你们店里打包过一碗牛肉粉，由于他临时出差，那碗牛肉粉就放在他家冰箱里，一直没有吃。你猜我们在那碗牛肉粉里提取到了什么？”

曹仁贵只是看着我，面带微笑，没有说话。

我接着道：“我们提取到了罂粟粉。”

曹仁贵不慌不忙道：“陈警官，首先，你怎么确定那碗牛肉粉一定出自我的店？再者，那碗牛肉粉已经在他家冰箱放了一个星期，你怎么能确定那罂粟粉不是他自己放进去的？”

黄朗道：“曹老板，你这么急于狡辩，很令人怀疑呀！”

曹仁贵道：“我只是在自证清白而已。”

我看了眼书房方向道：“曹老板，我能和你儿子聊会儿吗？”

曹仁贵看了眼书房方向，笑了笑说：“孩子还在做作业呢，不太方便吧。”

我点了点头道：“也是，那今天就到这儿了，案件有什么新进展，我们随时保持联系。”

我说着起身，曹仁贵也起身准备送我们。

我看了眼垃圾桶里的三个空酒瓶，全都是高度白酒，而后说：“你很喜欢喝酒？”

曹仁贵道："没有没有，偶尔喝点。"

我道："少喝酒，对身体不好。"

曹仁贵道："唉，这不是女儿出事儿了吗？"

我点了点头道："能理解。"

随后我和黄朗起身离开了曹仁贵家。

在回市局的路上，黄朗道："这姓曹的百分之百有问题！突破口在他儿子身上！没准他儿子目睹了什么！"

我问："你是通过什么分析出来的？"

黄朗抽了一口烟道："直觉！在他家里的时候我感觉气氛就很不对头，很压抑，感觉隐藏着什么秘密！"

次日上午，我和黄朗来到曹天阳所在的学校，曹天阳正在上初中一年级。我们找到了他的班主任老师，说明了情况，便利用一节美术课的时间，将曹天阳叫到了办公室。我们支走了所有的老师，在办公室里对他进行单独问话。

曹天阳看上去怯生生的，一直站着，低着头，不敢说话。

我让他坐下，他便在我面前的一把椅子上坐下了。

我将一瓶可乐递给他说："来，这是叔叔特地给你买的可乐，知道你喜欢喝。"

曹天阳摇了摇头说："老师说在学校里不准喝饮料，只能喝水。"

我笑了笑说："没事儿，你拿着，我已经跟你班主任说了，他说今天允许你喝。"

曹天阳接过可乐，但只是握在手里，没有拧开瓶盖。

我开始问话："你姐姐失踪当天，是周六，那天你应该在家里吧？"

曹天阳只是低着头，不说话。

我问:“你还记得你那天在干什么吗?”

曹天阳摇了摇头,还是不说话。

我问:“能给我讲讲你的家庭吗?你喜欢你姐姐吗?”

曹天阳点了点头,终于开口道:“喜欢!我最喜欢姐姐了!”

我问:“那你妈妈呢?”

曹天阳道:“一样喜欢!”

我又问:“那你爸爸呢?”

曹天阳一下子低下了头,回归沉默。他眉头紧蹙,表情看上去十分凝重。

我小心翼翼地问:“你不喜欢你爸爸?”

曹天阳摇着头,不肯说话。

我又接着问了几个问题,但他都不肯回答,最后曹天阳细声细气地说:“叔叔,我想回教室上美术课。”

我深吸了一口气道:“行,你回去上课吧。”

曹天阳走后,我们向他的班主任老师了解情况,班主任说:“曹天阳平常成绩非常好,尤其是作文写得非常棒,但是有一回,他作文却交了白卷。”

我问:“他没写?”

班主任道:“那篇作文是命题的,规定题目是《我的爸爸》。我问他为什么不写,他说他不知道该怎么写。后来有一天他鼻青脸肿来上学,我追问之后才知道,是他爸爸经常在家里酗酒,一喝醉了就发酒疯打人,他妈妈和姐姐都会挨打。”

看来曹仁贵有长期酗酒所导致的暴力倾向,经常对家人施暴。那么曹雪阳会不会是被曹仁贵施暴致死的呢?

我们决定去找下一个突破口，那就是曹仁贵的妻子苏海桃。苏海桃一开始却极力回避与我们对话，像是在隐瞒什么。

但由于我们警察的身份，她不好过多推辞，最终还是被我们约了出来。当天下午两点，我们在一家咖啡馆见面。

苏海桃安静地坐在我们对面喝着咖啡，无论我们问什么问题，她都避开重点。中途，她说要去上个洗手间，手机却落在了桌面上。

苏海桃离开后不到半分钟，她的手机便响了起来。

我一看屏幕，上面显示“儿子”。

是曹天阳打来的。

电话铃声一直响，反复了好几遍，苏海桃都没回来。

我接起电话，刚准备说“你妈妈上洗手间去了”，还没来得及开口，电话里便传来了曹天阳的哭腔：“妈！妈！你在家吗？今天上午警察来找我了！他们好像知道了！知道是爸爸杀了姐姐！爸爸一定会认为是我跟警察说的，爸爸会打死我的！怎么办啊，妈妈？怎么办？妈妈，你在听吗？妈妈？”

电话中断了。

这时，苏海桃从洗手间回来。我对她说：“刚才，你儿子曹天阳打来电话，打了好几遍，你不在，我替你接了。”

苏海桃的神色立刻变得紧张起来：“他，他在电话里，跟你说了些什么？”

我道：“曹雪阳是曹仁贵杀的，对吗？”

苏海桃脸色骤变，身体开始发抖，掩面哭泣。过了好一会儿，她终于抬起头，将咖啡一饮而尽，定了定神，对我和黄朗道：“他那天喝多了，我出去买菜，天阳在家，他看到曹仁贵酒后发疯，用家里的擀面杖殴打雪阳，最后打到雪阳的后脑勺，把雪阳给……”

我道：“能详细说一下当天的情况吗？”

苏海桃道：“那天，也就是去年 11 月 13 号那天，傍晚我去买菜，买完菜一回家天阳就朝我扑了过来，在我怀里哭，我问他什么情况，他当时也不说。我就走进饭厅，看到雪阳倒在地上不省人事。曹仁贵满身酒气，地上全是空酒瓶，有两个还被砸碎了。他趴在桌上睡着了，手里握着一根带血的擀面杖。”

我问：“之后呢，你们为什么没立刻报警？”

苏海桃说：“我刚准备报警，曹仁贵就醒了，他夺过我手里的电话，威胁我，要是我报警，就把我也打死，把天阳也打死。”

我问：“抛尸也是他一个人完成的吗？”

苏海桃点了点头道：“是的。那天我们都不知道怎么办，曹仁贵一直坐在餐桌前，盯着地上女儿的尸体，什么话也不说。到了凌晨，他就抱着女儿的尸体出门了，用家里的车把尸体运了出去。第二天上午，他为了伪装女儿失踪，给女儿的同学老师打了很多电话，假装四处寻找，最后去派出所报了案。”

我问：“再问你一个问题，你们家米粉店，是不是长期在米粉的汤底中加入罂粟粉？”

苏海桃沉默了片刻，点头道：“是的。米粉店经营了很长一段时间，生意很不好。也不知道曹仁贵是从哪里找到了门路，定期都能搞来罂粟果，我们就把罂粟果碾成粉，混入米粉汤底里，米粉店的生意一下子就好了起来。”

我问：“那你女儿吞服罂粟果的事情你清楚吗？”

苏海桃道：“我知道的，但是没有办法，她已经成瘾了。”

我道："你愿意承诺以上你说的都是事实吗？你愿意在法庭上指证你老公曹仁贵的犯罪事实吗？"

苏海桃又沉默了片刻，而后点头道："我愿意。但你们得保证，他再也无法从监狱出来，不然他会报复我们母子俩的！"

我道："你放心，根据我的经验，你老公应该会被判处死刑。他没有报复你们的机会。"

苏海桃松了一口气道："那就好。"

我总感觉，这句"那就好"当中似乎隐藏着什么。

到底是什么呢？我想不出来。

我们立即申请了搜查令，对曹仁贵家进行了细致检查，尽管地板经过清洗，我们还是通过化学试剂提取到了血迹。我们又对曹仁贵的私家车进行了检查，尽管经过多次洗车，我们还是在后备箱内提取到了血迹和毛发，通过DNA比对，和曹雪阳一致。

在苏海桃的口供和我们提取到的物证面前，曹仁贵终于低下了头，承认了自己的全部罪行。

审讯室里，他哭着说："我现在很后悔，我也不是故意的。当时喝多了，断片了，我什么也不知道，我真不是故意杀害雪阳的！"

黄朗冷笑起来："如果你真的感到忏悔，当时应该投案自首，你后续转移尸体，抛尸、埋尸，并且伪造女儿失踪的行为，足以说明你存在主观犯罪事实！"

曹仁贵低下头，不再说话。

第五个案例

消失的妻子

本市发生过这样一起案件：一个中年男人向我们警方报案称他的妻子失踪了。这失踪的情形也十分诡异，据报案人描述，他的妻子是突然从床上失踪的。

他说，那天晚上，他和他妻子辅导完正在念小学的女儿做作业，而后看了会儿电视，便一起回卧室睡下了。半夜 12 点半，他起床上厕所，妻子还在床上；可是到了凌晨 5 点多钟，当他再度从睡梦中醒来时，妻子已经不在身边了。

妻子的钱包、手机和能够穿出门的衣物都在，唯一失踪的物件，就是妻子睡觉时穿着的睡衣。

妻子穿着睡衣出门，未带手机、钱包和钥匙，小区以及小区周边的监控录像也没有拍摄到她离开的踪迹。

那么……这个中年女人究竟是如何凭空在睡梦中从床上消失的呢?

“凶手一定是她老公！”

台下有一名学生举手道。

我站在讲台上，面对着这位迫不及待回答问题的警校学生，发问道：“为什么你怀疑凶手是她老公？请说出你的见解。”

这名学生道：“从刑侦学的角度来看，报案人具备第一嫌疑，尤其是这种案件，她老公杀人分尸、抛尸，而后为了摆脱自己的嫌疑，主动向警方报案，编造了一出妻子莫名失踪的谎言。”

我点了点头道：“没错，最后这案子破了，凶手就是她老公。这是一起蓄意谋杀案，他在杀害自己妻子之后，进行碎尸，通过马桶冲入下水道；而其他不容易用马桶处理的尸块，被他分批抛弃至多处。我们在小区的化粪池中找到了一些尸块，通过 DNA 比对，确定就是他妻子的。在我们的高压审讯以及铁证面前，他终于松口，承认了自己的罪行。”

一名学生举手，而后道：“老师，当时你们是立马就锁定了凶手就是死者老公吗？我的意思是说，这种情形，很容易被当作失踪案件处理。”

我道：“没错，当时小区的物业抽干了小区的池塘，我们也对小区的电梯井、水箱、窨井等可以藏匿尸体的地方进行了大规模细致搜索，均无所获。但由于该小区属于智能安保试点小区，小区内以及周边有大量监控，而小区四面都有高高的围墙，只有前后两个门可以出入；我们调取了全部的监控录像，抽调了数百名警员对监控画面一帧一帧地查看，并且用计算机系统对视频进行分析，最终确定，他的妻子根本就没有离开过小区。最后，我们锁定了小区的化粪池。在抽取了几大车的粪便之后，我们对化粪池中的物质进行了冲洗和检验，发现了死者的人体组织成分。”

又一个学生举手发问道：“可是，我不明白，难道当时在凶手家中没有发现任何痕迹吗？我的意思是说，血迹之类的，即便经过冲洗，通过鲁米诺测试，也应该可以测试出血液痕迹，不是吗？还有，他的孩子当时不是也在家吗？难道没有听到任何异常？毕竟分尸的动静是很大的，邻居们也没听到动静吗？”

我说：“你问得很好。首先，他给他的孩子下了安眠药，那晚孩子睡得很死；他也给自己的妻子下了安眠药，在妻子陷入昏睡后，将其掐死，进行分尸。他家的用水量异常，一夜用了两吨水，说明他的确用大量的水清洗过现场。你们注意，凶手是有预谋地杀人，他一定提前准备好了工具。他提前买好了塑料膜铺在洗手间的地板、墙壁和洗脸台以及马桶等其他设备上，这种塑料膜很多墙面维修公司和家装公司都会用到；尤其是在做旧房墙面翻新的时候，工人为了避免乳胶漆弄脏家具和地板，会在家中贴满这种塑料膜。这种塑料膜也很好撕掉，不会损坏家具和地板，也不会留下明显痕迹。人在死后，血液循环停止，半个小时血液就会开始凝固，而后向下沉积，一般在 2 到 4 个小时内便会出现明显尸斑，有的人半个小时就会出现尸斑，这种现象我们称之为尸斑坠积；紧接着，经过七八个小时，尸斑现象会进入扩散期，直到最后进入浸润期。凶手等不了那么久，他一定是在尸体处于尸斑坠积期时进行处理。由于人死后心脏不再泵血，所以不会有血压，在放血时也就不会有喷溅型血液；由于尸体的血液在坠积过程中也在不断凝固，所以在放血时，血量不会像人活着时那么大。他将死者的血液全部放入马桶抽走，而后进行分尸，由于有塑料膜的保护，痕迹并没有落在卫生间内。即便用塑料膜隔绝痕迹，但他显然还是不放心，于是用大量的水冲洗现场，最大化地毁灭痕迹。他在完成一切工序后，只需要将塑料膜全部收掉，而后连同其他分尸用的作案工具一起带离小区扔掉就行了。”

一名学生道：“那即便马桶经过大量冲洗，通过鲁米诺测试，还是应该能够检测出血液痕迹的，不是吗？”

我点了点头道："的确检测到了少量血液痕迹，但当时他辩称是他妻子来例假时留下的。"

这名学生道："这凶手的心理素质也太好了吧，竟然主动报警。我看了当时的新闻，他和他的亲戚一块儿去报警，还叫来了媒体，当着镜头撒谎，说的每一句话都有目的，简直是个影帝啊！"

另一名学生道："是啊是啊，这简直是高智商犯罪啊！还好今天技术手段发达，有大量监控可供分析，不然这案子放在10年前，指定和那个碎尸案一样，成了悬案！"

我清了清嗓子："同学们，没有所谓高智商犯罪。真正高智商的人，应该懂得尊重生命。天网恢恢，疏而不漏，一切罪犯都会接受法律的制裁，没有人能够一直逍遥法外！"

我说完最后这句话，台下掌声雷动。

今年6月，我受邀回到母校省警官大学做了一次讲座。

讲座结束后，学校的老领导们请我吃饭，聊着这些年来的变化。

这饭局进行到一半，老校长突然叹了一口气，独自将杯子里的白酒一饮而尽。

我便问："校长，怎么了？"

老校长金念国感慨道："今天听了你说起的那个案子，我就在想啊，要是30年前也有这么先进的技术，有这么完备的天网系统，那起案子也不至于成为至今未破的悬案了！"

30年前，我才刚上小学，自然不清楚老校长说的是什么案子，便向其询问。

老校长道："30年前，我还在一线的时候，负责侦办这起案件。那起案子，和你讲座上提到的这起案件，简直如出一辙！"

在老校长的叙述中，我们仿佛回到了30年前,20世纪80年代中期。

那时候改革开放刚展开没多少年，社会治安没那么好，闲散人员多，大小城市会出现社会闲散人员及地痞流氓打架斗殴、偷鸡摸狗，甚至持刀杀人、猥亵妇女的行为。

于是中央下令，开展“严打”行动，要求执法部门“从重从快”，坚决将黑恶势力的嚣张气焰镇压下去。

就在此期间，吊诡的无头悬案出现了。

那天清晨，当时还在市局担任刑侦支队队长的老校长金念国接到报案，便带队火速赶往现场。

报案人叫钟海生，男，时年42岁，在一所中学当数学老师。

他向办案人员阐述了情况：“昨天早上6点多钟，我醒来，发现老婆不在床上。一开始，我不以为意，以为老婆只是去买早点了。可是很快，我就发现了异常。她的衣服、鞋子、钱包、钥匙全都在家里，就连睡衣都在家里，她总不可能不穿衣服出门吧？最令我感到古怪的是，家里的门是反锁的，插销是从室内插上的，在室外不可能这样反锁门。窗户也都是从内部锁上的。按道理来说，她不可能离开这间屋子，可是，我在家里找遍了也找不到她的人。她好像人间蒸发了一样！”

金念国问钟海生：“你去别的地方找过吗？”

钟海生答：“都找了，都找了！她单位、她朋友家、她亲戚家，我都找遍了，就是找不到她的人。找了整整一天，我一直等不到她回来，就选择了报警。”

金念国对钟海生的家进行了全面勘查。

钟海生的家位于一幢6层楼房的顶层，楼房没有电梯，只有楼梯，一梯两户，每户都是85平方米。

那时候还没有商品房，房子是钟海生的单位分配的。

金念国将重点怀疑对象放在了钟海生身上，他当时便怀疑，是钟海生将自己的妻子杀害，而后分尸丢弃，并伪造成失踪现场，主动报案以撇清杀人嫌疑。

金老校长讲到这里，停顿了下来，又喝了一口酒。

我问："然后呢，现场勘查结果如何？"

老校长长叹了一口气说："什么也没发现，技术组把整间屋子里里外外全部搜了一遍，什么痕迹也没发现。"

我道："那会不会是钟海生在撒谎？所谓门窗全部从内部反锁，只是他一面之词，没有任何证据和证人能够表明这一点。他妻子应该是被他带离那住所，在某个不为人知的地点杀害并且掩埋了。"

老校长摇了摇头说："证据，还真是有！"

我问："这应该不存在目击者啊？当时也没有监控……"

老校长道："我们在门的插销上发现了痕迹。当时那种门，用的是插销锁，就是那种老式的铁门常见的插销锁。我们在插销的杠杆拐弯处发现了环状的金属油漆被刮掉的痕迹……"

我恍然大悟："您的意思是说，有人利用某种手法，从外面将插销插上了是吗？"

老校长点了点头道："是的。应该是某种类似于风筝线的东西，我们做了实验，要是处理得当，是可以很轻易地从外部将插销带进插孔的，而后只需要松一松绳线的力道，绳套就会从插销上滑脱，而后抽出绳线就行了。"

我道："所以，您怀疑是有人趁夜潜入钟海生家中，将他的妻子劫走了，而后用这种手法锁上了门，制造了一个密室？"

老校长道："是的，那个人这么做，就是为了让我们将钟海生认定为凶手。因为如果这个案子是钟海生干的，他完全没必要制造这样一个密室，他直接说他妻子出门未归岂不是更加合适？而且，当时钟海生说他那晚睡得很死，醒来头很晕，我们带他去医院抽血化验，在他的血液里发现了迷药的成分。也就是说，当晚，有人在他们的食物中下药，而后在他们处在完全昏迷状态中，那人潜入其家中，将邹香凝带走。"

我问："他妻子至今下落不明？"

老校长点了点头道："是的，至今不知其下落，我们到现在也没搞清楚这究竟是怎么一回事儿。只可惜当时没有监控啊，要是有，这案子也不至于成为一起冷案搁置到今日未破。"

我问："校长，当时这起案子的卷宗还在吗？"

老校长道："问这个干什么？你小子想破这个案子？这可是 30 年前的案子啊，已经没有任何证据可供搜寻了。"

我道："我想尝试一下！"

老校长将杯子里的酒喝完道："去市局老楼的档案室里找找，那案子的卷宗应该还在里面。"

我去了市局的老楼，在档案室里找到了那案子的卷宗。

从卷宗里，我了解到了更为详细的信息。

钟海生的妻子名叫邹香凝，与钟海生同龄，在一家纺织厂上班。两人在 22 岁那年结婚，23 岁那年生下一子，取名钟爱国。

儿子两岁大时不幸夭折，之后二人再未生子。

在邹香凝失踪的前一天晚上，夫妻俩还去电影院看了场电影。售票员和他们熟识，说两人感情一直很好，那天看电影还有说有笑的。

于是，我开始调查钟海生这个人。很幸运，他还活着，今年已经

72 岁高龄了。可是当我找到他时，他已经是一个阿尔茨海默病患者，躺在养老院的床上，什么也不记得了。

他是三年前患上这个病症的。

他没有子女，其他的亲人也早已亡故，能够住进养老院，完全是依赖政府对孤寡老人的福利政策。

如果他的妻子邹香凝还活着，现在也已经是一个 72 岁的老人了。那天晚上，究竟发生了什么？是谁带走了邹香凝？一个大活人为何会在自己家中突然不留痕迹地人间蒸发了呢？

“我说老陈，你搁这儿跟这无头案较什么劲啊？一个 30 年前的案子，案发现场早就拆迁改造了，啥证据都没有，你从哪儿查起啊？”黄朗道。

我的目光离开卷宗，抬眼看向他，见他鼻青脸肿的，便问：“你什么情况？今天你没出去抓犯人啊，这让谁打的？”

黄朗道：“啧，老陈，什么，什么叫让谁打的？这叫切磋！”

我道：“你和陈法医切磋，让她打成这样了？你算是开窍了，知道让着女孩子了。”

黄朗道：“我让着她？我再怎么让着她，也不至于让她打成这样啊！我是和那姓谢的切磋拳法呢！”

我忍不住笑了起来：“看来他的确是咱警队最骁勇善战的猛男，能把咱黄队长打成这样，果然是武林高手。”

黄朗道：“哎呀，一点皮肉伤，无足轻重。那姓谢的就严重了，你也知道，老陈，我这拳头，跟子弹一样快，他被我打得毫无招架之力，几乎要学泰森咬霍利菲尔德的耳朵了……这会儿，他估计已经去医务室接受治疗了……”

就在这时，谢国豪毫发无损地走了过来道："欸，黄队长，没事儿吧？"

黄朗扭头看向他："啧，没事儿，能有什么事儿？"

谢国豪微微一笑道："没事儿就好，有空再切磋。"

黄朗道："行，再会。"

谢国豪便从我们跟前走了过去，消失在走廊的拐角。

我看着谢国豪的背影道："话说他哪儿严重了？我看他好好的啊，一点儿皮都没破，精神矍铄啊。"

黄朗道："啧，内伤，他受的是内伤！"

我拍了拍他的胸脯道："你没受内伤吧？"

黄朗道："哪儿能啊？我金钟罩铁布衫可不是白练的！"

我道："走。"

黄朗问："去哪儿啊？"

我道："跟我去一趟老楼的档案室。"

黄朗道："你不是都把卷宗拿回来了吗，还去那里干什么？"

我道："我刚才用电脑查了一下30年来的案发记录，发现在20世纪80年代，类似的案子发生过不止一起！我目前查到的，在全国各地，有15起这样的失踪报案。其中一起案件引起了我的注意，那起案件就发生在本市。"

我拉着黄朗回到老楼档案室找到了那起案件的档案，案子发生在27年前。

当时负责侦办此案的，依旧是金念国老校长。

那天傍晚，一个28岁的名叫范侯的年轻男子向警方报案称，和他同居的女友已经失踪两天，始终联系不上。

他失踪的女友名叫郭孝萱，比他小两岁。

当时的讯问记录如下——

金念国："你女朋友郭孝萱是什么时候失踪的？"

范侯："前天。"

金念国："前天什么时候？能告诉我具体时间吗？"

范侯："我也不知道。我那天早上睡到八九点醒来，她就不在床上了。然后我发现家里的门窗全都是从内部反锁的，可是她人却不在屋子里！"

金念国："你们是什么时间睡下的？"

范侯："大前天晚上，我们吃了饭，就睡下了。时间差不多是 8 点钟，具体到分就记不太清了。"

金念国："怎么睡这么早？"

范侯："当时感觉很困，就睡下了。她也困，我俩就一块儿睡了。第二天我昏昏沉沉地起来，像是喝了很多酒一样，不知道怎么回事儿，反正她就不在了。我到处找，没找到她，一直等到现在，没办法，报了警。"

金念国："你一定是看了三年前那个案子的新闻吧？"

范侯："什么？"

金念国："你现在的描述，和三年前发生在本市的一起失踪案如出一辙，你学得挺像的，想以此摆脱嫌疑？"

范侯："我没有说谎，我说的都是真的！"

金念国："如果不是因为我们的技术人员在你家中发现了大量的血迹，我兴许会相信你所说的这些话。"

范侯："血迹？哪儿有血迹？"

金念国："的确，肉眼是看不到血迹的。但是你一定不了解我们的刑侦手段，即便血液痕迹经过大规模清洗，我们还是可以通过化学试剂得出血液痕迹反应。在你家的浴室里，我们找到了大面积的血液痕迹。很显然，你在杀害你的女友之后，在自家浴室对其进行了分尸，而后将尸体抛弃，并模仿三年前的那起失踪案，编造了一套女友在密室中消失的说辞。"

虽然一直没能找到郭孝萱的尸体，但当时的办案人员还是以在浴室中发现大量人体血液痕迹为证据将范侯逮捕。

尽管法庭上，范侯极力辩解，否认自己的犯罪事实，但最后还是被判处了无期徒刑。

为此，我又一次联系了金老校长，向他询问起这个案子，得知，郭孝萱至今活不见人，死不见尸。

但老校长笃定，凶手就是范侯没错，因为不存在其他可能性。

我通过调查，得知范侯还活着，依旧在监狱里服刑。巧的是，他和罗谦辰在同一所监狱。

我去了一趟监狱，在会面室里见到了范侯。他已经 55 岁了，浑身上下充满了苍老的气息。

他看上去有些呆滞，无论我问他什么，他都默不作声。直到我问起 27 年前他女友的失踪案，他便开始发作起来。那是一种疑似精神病态的发作，他整个人都开始变得扭曲、狰狞，而后倒在地上浑身抽搐，就像突发癫痫一样。

问话被迫终止，我一无所获。

于是，我直接来到了罗谦辰的囚室前。

"你希望我去接近那个人？"罗谦辰看穿了我的来意。

我道："是的，关于27年前的那起案件，我想向他了解更多细节，可是，我没办法完成对他的问话。"

罗谦辰微微耸了耸肩："所以你认为我可以让他说出真相？"

我道："你总有办法让他开口的，不是吗？"

罗谦辰道："安排我和他同住一晚，只需要一晚，我可以告诉你答案。"

一开始，监狱长是坚决不同意这么做的。我便将这个诉求告诉给王局，王局直接给监狱长打了个电话，这事儿便谈成了。

罗谦辰被临时安排进范侯的房间，二人共住一晚。

次日清晨，我在会面室里见到了罗谦辰，便迫不及待地问他道："怎么样，问出什么来了吗？"

罗谦辰有些疲惫，深吸了一口气。

我为他倒上一杯咖啡，他呷了一口道："他的说辞，有些令人感到难以置信，我说之前，你得做好心理准备。"

我道："你说。"

罗谦辰道："他问我是否知道虫洞和爱因斯坦—罗森桥。"

我道："什么意思？"

罗谦辰道："他认为他女友的失踪，是因为那天夜里，他女友在梦游中打开了虫洞，然后通过虫洞与虫洞之间相连接的爱因斯坦—罗森桥，完成了时空上的穿越。"

我道："你是说，郭孝萱的失踪，是因为她在梦游中穿越时空了？"

罗谦辰道："他是这么认为的。"

我道："他显然是疯了，竟然以这种科幻小说般的理由来逃避自己杀害女友的事实！"

罗谦辰道："他疯没疯并不关键。关键在于，我认为，他并不是杀害他女友的凶手。"

我道："你的推论是怎样的？"

罗谦辰道："你有没有把两件案子联系起来想？"

我道："你是说，30年前邹香凝失踪案和27年前郭孝萱失踪案是有联系的？"

罗谦辰道："经过和他一夜的相处，他还告诉了我另外一件事。他的女友郭孝萱，在失踪前，起码有三年的时间，一直在背着他做钟海生的情人。"

这个消息令我感到大为震惊："这些卷宗里都没写。"

罗谦辰道："很显然，当时在调查过程中，并没有将这层隐秘的关系调查出来。范侯早就知道这件事情，只是一直隐瞒在心里，没有说出口。"

我道："所以你怀疑……"

罗谦辰道："钟海生和郭孝萱偷情的事实，在30年前被钟海生的妻子邹香凝掌握。那天夜里，钟海生将邹香凝掐死，而后和郭孝萱一起将尸体转移到了范侯家中。当晚，范侯在外出差，并不在家。钟海生和郭孝萱在范侯家浴室对邹香凝实施了分尸，而后清洗了现场……"

我道："你是说，27年前，办案人员通过化学测试，在范侯家浴室内找到的大量被清洗过的血液痕迹，其实并不是郭孝萱的，而是30年前，钟海生在对妻子邹香凝进行分尸时留下的，对吗？"

罗谦辰点了点头道："以当时的技术，应该是没有条件对过了三年才通过化学试剂反应出来的血液痕迹进行DNA检测的对吗？"

我点了点头道："别说那个时候，就是20世纪90年代，我们市局还没有 DNA 检测技术。”

罗谦辰道：“所以我的分析是合乎逻辑的！当时一定是将血液痕迹判断错归属对象了！”

我道：“可是钟海生既然转移了自己妻子的尸体，在别处进行分尸，又为什么要向当时的办案人员编造自己妻子在密室中突然消失的说辞呢？”

罗谦辰道：“这是一种反向逻辑操作。当时办案人员排除他嫌疑的逻辑是什么？”

我道：“是因为三点：其一，他没必要刻意编造这样的说辞，这样只会增加他的嫌疑程度，他完全可以说他妻子外出未归；其二，当时办案人员在他家门锁的插销上发现了环状的勒痕，推测是凶手利用风筝线带动插销上锁的手法实现了在门外将门从内部反锁；其三，当时对钟海生进行了抽血化验，发现他血液内有迷药的残留。”

罗谦辰道：“所以你们就因此推理出，有人给钟海生夫妻下了迷药，而后深夜潜入其家中，将他妻子劫走，而后用你刚才说的这种手法制造了密室，以此造成钟海生杀妻分尸的假象，对吗？”

我说：“是的。”

罗谦辰微微一笑：“这就是钟海生的计谋。迷药是他犯罪完成后自己给自己服下的，门锁插销上的痕迹也是他自己留下的，再结合他编造的那套说辞……他就是用这种反向逻辑来让办案人员得出这样的推论，以此来撇清自己的作案嫌疑。这种逻辑大概就是，他故意将最大嫌疑引向自己，而你会觉得他如果是真凶完全没必要这么做，于是以此排除他的嫌疑。”

我道：“可是郭孝萱去哪儿了？在那起失踪案的三年后，也就是距今27年前，郭孝萱的失踪又是怎么回事？”

罗谦辰道：“很显然，郭孝萱是被钟海生趁夜带走了，而钟海生利用他熟悉的手法在范侯家里制造了密室，就是为了让警方认为范侯杀害了郭孝萱。他很清楚，警方一定能够从范侯家中检测出三年前他对邹香凝进行分尸时留下的血迹；他也清楚，警方一定会把血迹当作郭孝萱的。”

我道：“那他直接在范侯家里杀了郭孝萱，留下尸体，而后制造密室再离去岂不是更直接？”

罗谦辰道：“钟海生并不想杀掉郭孝萱，他制造这一切，就是为了让所有人都以为郭孝萱被范侯杀害了，让郭孝萱从法律意义上变成一个死人。”

我道：“可是钟海生希望世人以为郭孝萱死了，动机是什么？”

罗谦辰道：“根据范侯的描述，某天晚上，郭孝萱喝多了，她把范侯当成了钟海生，对着他大喊：‘你别再干这种事情了，你哪天缺钱，是不是想把我也给卖了？’”

我道：“你的意思是……”

罗谦辰道：“20世纪80年代，我国有年轻的女子失踪，这些女子大多被拐卖进了深山里，有些甚至被拐卖到了境外。”

我道：“你的意思是说，钟海生因为手头缺钱，参与了人口拐卖，把郭孝萱给卖了？为此，他故意制造了郭孝萱被范侯杀害的假象？”

罗谦辰道：“是的，这样，钟海生既收了钱，又不会被警方找上门。范侯成了他精心策划下的替罪羔羊。”

但这一切都只是罗谦辰的推理，缺乏实质性证据。毕竟都已经过去30年了，证据早已经被时代的变迁所彻底抹平。

钟海生很快便在养老院去世了，他将这个秘密彻底带入了地下。

不多久后，在范侯旧居附近发现了一具生理年龄 26 岁的女尸，死者属于高空坠亡，死亡时间不超过一天。

可令我百思不得其解的是，范侯旧居早就被整体拆迁，那一块一直处在荒废的空地状态，周围并没有楼房。

而女子的坠地方位正好在空地中央，方圆 300 米内不存在任何高度超过两层楼的建筑物。

从女子坠地后骨骼的碎裂程度来看，她起码是从 5 层楼的高度坠地的。

难不成她是从直升机上坠落下来的?

当我看到女尸的脸时，突然想到了什么，于是翻出了范侯案的卷宗。卷宗里刚好有一张郭孝萱的照片。

不知道是不是心理暗示下产生的错觉，我竟然觉得，照片中郭孝萱的脸，和眼前这具女尸的脸，是同一个人的脸。

但是年龄根本对不上，如果郭孝萱活到今天，应该已经 53 岁了。

虫洞? 爱因斯坦—罗森桥?

我的脑子里闪过这样的想法，仅仅一瞬间就被自己否定掉了。我嘲笑自己怎么会有如此可笑的想法。

这具女尸一直无人来认领，我们也找不到她的身份以及高坠的原因。

最后，我们将其火化处理。

第六个案例

人性的考验（起）——别墅之殇案

人性的考验（起）——别墅之殇案

这个案子让我深刻地意识到，也许魔鬼真的悄悄地隐藏在人间，藏匿在某些行尸走肉般的躯壳之下。

那天上午，天空下着暴雨，但这湍急如瀑布般的雨流并未将7月盛夏的高温驱散。

案发现场是一所自建的独栋双层别墅，位于本市郊外的一座小镇上。

当我和黄朗赶到现场时，独栋别墅的院门外聚满了围观群众，他们全都是小镇上的居民。

“下这么大雨，这些人凑什么热闹呢？”黄朗下了车，朝人群走去，我紧随其后。

“让开，让开，都给我让开！”黄朗在人群中开辟出了一条路。

我们向在场维护秩序的民警亮出了警官证，撩开警戒带走进了院子，而后大步流星地走进了别墅内部。

客厅内，电视还开着，正在播放一档综艺节目；茶几上，摆放着没吃完的食物和空酒瓶、饮料瓶；布艺沙发上，扔满了零食袋，一些零食散落得到处都是，沙发面料上沾满了饮料和酒留下的污渍。

整间屋子被折腾得一片狼藉。

我们快速穿过客厅，直奔卧室而去。

卧室内的情形，令人触目惊心。

一个男人，被五花大绑在一把椅子上，他的头向上仰着，脖子上缠绕着一根结实的黑色皮带；而在男人面对着的地方，那张1.8米乘2米尺寸的床上，一个女人赤身裸体地躺在那里，遍体鳞伤，下半身布满了血迹。

黄朗面对眼前的情形，不禁破口大骂："这凶手简直是变态！"

从现场留下的痕迹来看，凶手并不是一个人，我们根据客厅茶几上留下的碗筷数量可以推测出，凶手至少四个人。

两名死者是这间屋子的业主，他们是一对夫妻。

男的名叫莫涵，35岁；女的名叫林晓可，31岁。这房子，是他们五年前为了结婚专门修造的，用的是老宅拆除后留下的地皮。

二人在镇上经营一家早餐店，生意非常不错。

报案人正是他们店里的一名男雇员。

男雇员向我们阐述了报案过程："我们店是夫妻店，老板和老板娘每天早上5点就会出现在店里，有时候比我们这些员工都要早到。可是前天我就没见到老板和老板娘，打电话也联系不上，我想他们大概有什么事儿在忙吧，就没在意；过了一天，也就是昨天，我又给他们打电话，还是没人接，发微信也没人回；直到今天，有客户来商议一笔公司包月团购早餐的单子，需要和老板谈，可我还是联系不上老板和老板娘，于是就直接登门来找，就发现了尸体。"

我问："你是上午几点到案发现场的？"

男雇员道："上午8点，客户来得很早，6点半就来了——因为早餐店嘛，客户怕来晚了我们就关门了——他们来了就要找老板，我7

点多钟出发，8 点到的这里。”

我又问：“你是怎么进入别墅的？”

男雇员道：“我到的时候，院门没有锁，别墅的门也是虚掩着的，我就走了进去，然后闻到一股刺鼻的恶臭，像是死老鼠的味道。我循着味道走到卧室，发现老板和老板娘已经遇害了。”

之后，我们调取了早餐店的监控录像，并且联系了当天上门的客户，证实了男雇员的话。至于能否彻底排除他的作案嫌疑，还需等待尸检报告结果出来，确定两名死者死亡时间才能确定他是否有不在场证明。

黄朗对现场进行了一番勘查，对我说：“院子大门上，被害人自己安装的那台监控摄像头被人为破坏了。院墙有攀爬的痕迹，但脚印只有一组，推测是凶手破坏监控摄像头后，先由一人翻墙入内，而后打开院门，其他几人通过院门入院；我在窗户上也发现了一组脚印，和翻墙的是同一组，推测先由一人翻墙入室，而后从室内打开别墅正门，其他人从正门入内。”

我道：“虽然摄像头被破坏，但这种摄像头是无线网络摄像头，被破坏之前的画面，应该是实时上传的。”

黄朗道：“可是被害人家中的电脑被搬走了，他们的手机也不见了，显然是被这伙人带走了。”

我道：“既然是无线网络摄像头，那么视频应该会被上传到云端。”

黄朗道：“明白了，我这就让技术科联系这台监控摄像头的生产商。一般现在用户注册账号都是用手机号，我们可以让生产商查询一下，如果查到被害人的账号，请他们直接帮我们打开。”

我们在别墅周围进行了勘查，并未找到其他监控设备。随后，我和黄朗对周边的住户进行了走访调查，逐一做了询问笔录，并未得到多少有价值的线索。

周围的住户都说，夫妻俩人很好，和镇上的人关系都非常不错，应该不存在和他人结仇的可能性。

下午的时候，技术科的同事联系上了监控摄像头的生产厂家，并且获得了被害人账号的登录权限。

我们登录之后，很快找到了监控设备最后录下的画面，时间显示为大前天晚上 10 点 05 分。

我们在画面中没有看到任何人，只看到每隔几秒都有一颗石子从画面旁边飞过。紧接着镜头便被什么东西砸了一下，画面上出现了裂纹；继而又是一下，这裂纹便爆裂成了蜘蛛网状；几秒钟后又是一下，画面就彻底黑掉了。

黄朗道："是弹弓！凶手故意站在监控范围外，用弹弓击碎了摄像头的玻璃镜头！"

想从监控画面中找到凶手的模样，已然没戏。不过我们由此确定了凶手的入室时间，即监控画面被破坏的时间——大前天晚上的 10 点 05 分。

晚上 8 点，验尸结果出来了。

我和黄朗来到市局法医鉴定中心。

在法医学解剖室里，陈小芸向我们讲解了尸体情况："男性死者，身高 172 厘米，生理年龄 35 岁，从他颈部的勒痕可以看出，他是死于外力导致的机械性窒息，凶器就是那条皮带；女性死者，身高 163 厘米，生理年龄 31 岁，她同样死于外力导致的机械性窒息，我在她的脖颈处找到了明显的手印，显然她是被掐死的。男性死者除了颈部，其他部位无明显外伤，只有被绳索长时间捆绑过的痕迹，从被捆绑处的皮损痕迹来看，他被捆绑的时间至少在 4 个小时；而女性死者，除了颈部的掐痕，浑身上下均有严重损伤，手指和脚趾的甲床层有多处被尖锐物穿刺的痕迹，阴道提取到了 4 种来自不同男性 DNA 的精斑，说明死者生前不仅遭遇非人道凌虐，还遭遇至少 4 人的轮奸。两名死者的死亡时间一致，均为前天凌晨的 4 点到 6 点之间。现场没有发现指纹，凶手应该戴了手套。"

黄朗咬牙切齿道："等老子抓到这几个变态，非毙了他们不可！"

陈小芸道："枪毙他们是法院的事儿，你要是把他们给毙了，这警察可就干不成了，还得坐牢。"

我道："哎，放心，老黄也就是这么一说，他知道分寸的。"

黄朗冲陈小芸大吼道："你懂个屁！你这个当法医的，没亲手抓过罪犯，没亲自审讯过他们，都不知道这帮变态有多嚣张！他们根本就没后悔过，他们只是后悔自己被抓到了！我在审讯他们的时候，他们甚至会笑起来！他们会嘲讽被害人，会回味自己的作案过程！你知道每次在抓他们的时候我都是怎么想的吗？我都想，'你可千万别束手就擒，你最好激烈反抗，最好捅我一刀，那我就有合理理由当场击毙你了！'"

我拍了拍老黄的肩膀道："老黄，这里是解剖室，不是你胡乱发泄情绪的地方。你知不知道刚才的话是严重违背条例的？做警察的，不能这么意气用事，更不能有这种违背法律程序的想法！"

陈小芸对黄朗道："行啦，你就听你陈队长的话，别老这么冲动。对了……"她说着，转身走向一个医药柜，从里面取出一瓶药水走向黄朗，"这个你带回去，坚持用几天。"

黄朗道："你干吗？这啥啊？我又没死，你给我福尔马林干啥？"

陈小芸道："什么福尔马林！这是缓解跌打肿痛的药，我特地从我师父那儿要来的，秘密配方，药店买不到的。"

黄朗道："你给我跌打药干吗？我又不需要这玩意儿。"

陈小芸道："我看你额头上那个包都肿了半个多月了还没消，每次你从我面前过，我都看着碍眼，你赶紧拿去用，赶紧消肿，不然我强迫症都犯了！话说，你是在哪个门上磕了吗？还是抓罪犯的时候让人打了？怎么肿了这么大一个包？"

我道："他上个月和谢——"

黄朗赶忙接过药水，打断了我的话："啊，谢谢啊，我回去一定坚持用，尽快消肿，不让陈大法医您碍眼！"

黄朗拉着我走出了解剖室，一路走回到了刑侦支队的办公区域，而后进了办公室，关起门悄声对我道："老陈，你什么情况？"

我问："什么什么情况？"

黄朗道："刚才在解剖室，你是不是想说我上个月和谢国豪切磋那事儿？"

我道："啧，这不是体现你的勇猛吗？毕竟谢队长作为一个资深老特警，都被你精湛的拳法打出内伤来了。"

黄朗道："你少拿这事儿埋汰我啊，可不许再提这事儿，尤其是和陈法医，不然她以后得天天笑话我！"

我笑了笑说："不用我说，你这事儿，陈法医早知道了，她故意装不知道，给你留面子呢！这药，你抓紧用。"

黄朗一阵尴尬，摆了摆手道："好了，咱不提这事儿了，回归正题，聊案子。一想到这案子，我就来气！我都能想象出当时那几个变态有多恶心！”

我道：“从目前的情况来看，大致可以判断出，至少有 4 名歹徒在大前天夜里 10 点 05 分之后，闯入被害人家中，而后对两名被害人实施虐杀。”

黄朗道：“他们将两位被害人控制，将男主人绑在椅子上，而后当着男主人的面，轮奸凌虐女主人；并于前天凌晨 4 点到 6 点之间，将两名被害人杀害。他们在享受虐杀他们的快感，这内心得有多阴暗、扭曲，才能干出这种魔鬼一般的事情！”

他说着，给自己点上了一支烟，抽了起来。

我道：“给我也点一支。”

黄朗道：“我去调查一下大前天晚上，两名被害人是几点回的家。”随后，他便叼着烟走出了办公室。

我独自一人坐在办公室里，靠在椅子上，在脑子里整理着思绪。我几乎已经将自己代入两位被害人的角色中。

我能够共情到他们的软弱、屈服、忍耐、愤怒，以及最终彻底放弃抵抗意识、一心求死的绝望。

一开始，他们遭遇胁迫的时候，肯定没想到凶手会如此变态和残忍，心想只要满足这伙歹徒的需求他们就会离开，于是乖乖束手就擒；直到男主人被歹徒捆绑得不能动弹，眼睁睁地看着妻子被这伙人凌虐时，那股愤怒从肺腑深处上升到了顶点。

我都能想象出那时候，妻子被人按在床上，向自己老公求助时的哭喊声。然而那时那刻，作为一个男人，作为一个女人的依靠，他却什么也做不了。

很快，两人都在祈祷这一切尽快结束，他们依旧相信，只要坚持下去，这几个变态就会离开。

可到最后，这种残存的希望破灭了，这伙歹徒还是杀死了他们。

或许到了最后，两名被害人已经放弃了求生的希望，因为他们经历了这一切，已经无法面对接下来的人生。

这一切就像一场恐怖的噩梦一样，梦醒的唯一方式就是在梦里死掉。

想到这里，我就感到很难受，就像自己完整地经历了一遍被害过程一样。

很快，黄朗查清了两名被害人的行程，两名被害人是大前天晚上11点回的家。

我感到一阵发寒。

也就是说，当时这伙歹徒进入被害人家中时，家里是没人的。他们潜伏在别墅里，等待被害人回家。待两名被害人回家之后，他们开始实施犯罪。

我们调查了两名被害人全部的社会关系，提取了他们的DNA和精斑中的DNA进行比对，同时也提取了案发现场周围所有住户的DNA，均无匹配。

至此，我们基本上排除了熟人作案的可能性。

那么究竟是怎样的一伙人会做出如此非人类的行径呢？我需要一张犯罪心理画像，于是便想到了那位老友。

随后，我带着全部的案卷材料，来到监狱，见到了罗谦辰。

罗谦辰在看完案卷材料后，对我道："凶手的确是四个人没错，他们的年纪，都不会太大。"

我道："你的意思是说，这个犯罪团伙以年轻人为主？"

罗谦辰点了点头道："从犯罪心理学的角度来讲，会在死者生前对其进行如此变态性的凌虐的，要么是老人，要么就是未成年人。从本案的现场痕迹来看，老人的可能性不大，但是未成年人想要完成这样的作案，也比较困难，所以我将目标锁定在 18 岁到 20 岁的年轻人。”

我道：“我不明白，你能给我解释其中的逻辑吗？”

罗谦辰道：“这是针对各类相似案件的统计结果，最后总结出了这么一个普遍存在的情况。关于其中逻辑，我想大概是某种和性有关的代偿心理作祟。”

我问：“会不会是蓄意谋杀？”

罗谦辰道：“不会。因为本案的四名凶手，很明显是临时起意。一开始，他们进入被害人家中，不是为了实施后面的凌虐，而是为了盗窃；只是在盗窃的过程中，出于某些原因，他们改变了想法，潜伏在了被害人家中，待被害人回家后实施了接下来的行为。”

我问：“临时起意这一点，你是如何判断出来的？为何不能是他们一开始就预谋强奸杀人？”

罗谦辰道：“他们破坏监控，戴手套入室，说明他们一开始并不希望在案发现场留下可供警方侦查的痕迹；但最后，你们还是在女被害人身体上提取到了精液。他们不想留下影像和指纹痕迹，却又主动留下了精斑痕迹，这说明什么呢？这只能说明奸杀是他们临时起意的结果，那时候他们只注重奸杀时的快感，而全然无视痕迹的遗留。”

我觉得罗谦辰说得很有道理，便点了点头。

我问：“你觉得，是什么让他们突然改变了想法？”

罗谦辰突然问：“女被害人很漂亮，对吗？”

我道：“是的。”

罗谦辰道：“他们一定是在盗窃的过程中，在别墅里看到了女被害人的照片，觉得非常漂亮，于是临时起意。他们不会满足于这一次的犯罪，这就像吸食鸦片一样，会令他们上瘾。”

我道：“你的意思是说，他们还会继续作案？”

罗谦辰道：“是的。下一次，他们会有目的性地挑选作案对象。他们依旧会悄悄潜入被害人家中，而后实施犯罪。他们所挑选的对象，也一定是年纪不超过35岁的夫妻。妻子的长相和身材会比较出众；丈夫体形不会太魁梧，这样才方便他们控制。”

我道：“所以下一次，他们在作案前，一定会对住宅内的成员情况进行调查……”

罗谦辰道：“他们应该会在街头寻找作案目标，挑选符合他们目标特征的女性，而后进行跟踪尾随，找到目标的家。一旦发现目标有老公，而且看上去没有威胁性，便会实施作案。”

我问：“为什么一定要有老公？单身女性不是更容易下手吗？”

罗谦辰道：“因为第一次作案，让他们享受到了某种刺激，这种刺激就在于，他们希望看到当妻子在丈夫面前被凌辱时，丈夫无能为力的那种绝望的状态，这样会进一步增加他们犯罪过程中的乐趣和快感。所以第二次作案，他们一定想要再体验一次这种快感。”

我说：“可是符合这种要求的人群太多了，我需要进一步缩小范围。”

罗谦辰道：“从用弹弓远距离破坏监控录像，以及戴手套入室盗窃来看，凶手明显具备一定的反侦查意识。所以他们下一次作案，一定也会挑选摄像头比较少的地区。同样，他们依旧会挑选自建独栋别墅来实施作案，因为独栋别墅比较独立，不存在作案时动静太大、惊扰到楼上楼下的危险。由于是自建别墅，所以周围也不存在严密的安保系统和人员，便于他们作案。”

我立即前往城市规划局，要求他们查出市内所有的业主个人自建独栋别墅。

很快，他们查出了3500多户。

而后，我又根据罗谦辰的推论，将摄像头密集区域的2750户剔除。

紧接着，又对非独栋以及周围存在大量住户的自建别墅进行了剔除，最后只剩下500多户符合要求。

我们对这500多户人家进行了详细的户口调查，一共有105户符合35岁以下夫妻居住要求。

我逐一给这105户人家打去电话，提醒他们多加注意和防范："回家前，多观察，注意家中是否有他人闯入的迹象。一旦发现，不要回家，立刻报警！"

3天后的晚上10点，我接到了一个电话，电话里的女人语气紧张："陈队长，之前你给我打过电话的。我想跟你说，刚才我和我老公回家，到家门口，仔细观察了一下，发现摄像头被人破坏了！"

我紧张道："别进去，找个安全的地方，我们马上就到！"

我和黄朗立即带队出发，火速赶往现场。

我们首先来到了在电话中和那名报案的女士约定好的安全地点，却并未在那里见到她和她老公。

我给她打去电话，手机已经关机。

我意识到了不对头，立即赶往那座别墅。只见别墅的大门虚掩着，门口的摄像头被弹弓击碎了。

我们的人将别墅包围，而后由我和黄朗带领一支突击队持枪进入别墅内。

别墅内一片狼藉，一股血腥味从某个房间传来。

我们循着这股气味进入那个房间，眼前的一幕是我们最不想看到的。女人被凌虐致死；男人坐在她对面的一把椅子上，被捆缚着，脖子上缠绕着一根皮带，皮带如蛇一般将他绞杀。

就在这时，女人身旁的一部手机响了起来。

没有显示号码，是经过加密处理的匿名电话。

我接起电话，电话那头传来了经过变声软件处理得尖锐的声音："陈警官，是你害死了你的兄弟们。"

我感到一阵发寒："你是谁？"

电话里的人说："还剩 10 秒。"

我一怔："什么？"

可是电话挂断了。

就在这时，我的步话机响了起来，步话机内传来了一名警员急促的声音："快跑，定时炸弹！"

警员的话音刚落，一声巨响便炸开了，整个世界仿佛都在震颤。

"老陈！"

我只听到黄朗冲我大喊一声，随后，我的耳朵便陷入耳鸣的状态，什么也听不到了。

视线中，墙壁在破碎，天花板在轰然坍塌。

紧接着，便是刺眼而灼烫的火焰裹挟着热浪袭来，冲击波打在我身上。我能够感知到自己的身体彻底离开了地面，之后世界便陷入黑暗当中，我什么也不知道了。

我做了一个漫长的梦，在这场梦里，黄朗死死地用身体护着我，随后在火焰中汽化。

这场梦不断地循环往复，宛如炼狱一般，直到我醒来。

当我醒来时，已经是一周之后了。王国伟局长第一时间来看望我。

我在能开口说话之时，第一时间便向其询问黄朗的情况。

王局摇了摇头对我说："当时的爆炸很严重，牺牲了10个兄弟，其他人也都光荣负伤。"

我紧张地问："那黄朗呢？他怎么样了？"

王局道："我们还在找他。"

我道："什么？他失踪了？"

王局点了点头道："是的。我们到了现场，没能找到他。"

我感觉松了一口气，因为黄朗可能没死，但这口气很快又收紧起来。他去了哪儿？我想到那些牺牲的同事，他们因为我的决策失误而牺牲。我的内心因此无比愧疚。

我自责道："王局，这次是我的失误。是我害了兄弟们……"

王局深吸了一口气道："小陈，别太自责，早日康复，我会安排人，尽快找到黄朗。"

随后，王局离去了。

之后谢国豪来看过我，对我说："陈队，你放心，王局已经安排我们特警队随时待命了，我们会抓到这伙穷凶极恶的歹徒的！"

我道："黄朗……"

谢国豪说："你放心陈队，我们在全力寻找他！我还跟黄队约好了下个月比试综合搏击呢！我可不能让他就这么爽约了！"

之后，陈小芸也来看望我。

陈小芸比我更着急黄朗的下落："陈队，你能告诉我，当时到底发生了什么吗？黄朗到底去哪儿了？"

对呀，老黄到底去哪儿了呢？

所有人都离开后，我独自一人躺在病床上。医生告诉我，虽然我的伤势并不算严重，但还需要半个月才能出院。

这段时间，我凝视着病房的白色天花板，反复地梳理着案情。我的脑海里反复地回荡着凶手在电话里对我说的那句话："陈警官，是你害死了你的兄弟们。"

凶手知道我？

他是怎么知道我的？

凶手知道我，并且知道当时是我接起了电话，说明他就在附近，就在那个房间的窗外不远处亲眼看着我们进入案发现场。

我们的一举一动都在他的监视当中。

很快，我把事情想明白了。

一定是那通电话。

我提前给 105 户人家打过提醒电话，也许那时候，这户人家就已经被凶手控制了。凶手们知道了我在电话中说的内容，于是对我展开了调查，并且提前做好了准备。在准备好定时炸弹后，他们胁迫女被害人给我打电话，就是为了引诱我们抵达案发现场。随后，他们引爆炸弹。

或许事实根本不像是罗谦辰推理的那样。由目前的情况来看，他可能做了错误分析。

第七个案例

人性的考验（承）——游戏的预告

人性的考验（承）——游戏的预告

8月，我出院了，但是黄朗依旧下落不明。

归队后，我便被王局叫到了他的办公室。在办公室里，王局递给我一支烟，而后他自己点上了一根，开始吞云吐雾起来。

王局说："小陈啊，你要做好思想准备。"

我点了点头道："我明白。"

我自己将手里的烟点上，也抽了起来。

我们俩都没多说什么。

随后，王局看了看表，对我说："时间差不多了，走吧，小陈。"

我便和王局离开了市局，直接去了省公安厅。

省公安厅的领导们对别墅爆炸案十分重视，他们为此开了专项会议。

在会议上，我向领导们立下了军令状，如果一周之内无法破案，我愿意接受一切处罚，哪怕是被下派到基层社区当民警，哪怕是被逐出警察队伍！

可是省厅的会议一开完，又有一起惨案发生了。

案发现场并不在本市，而在那座既熟悉又陌生的北方沿海城市。我曾经两次前往那座城市：第一次是因为死亡游轮案，那起离奇吊诡的案子至今令我记忆犹新；第二次则是因为别哲的死，凶手疑似海上密室案的主犯刘日升，而他的前女友何晓瓶在该市的一所精神病医院接受看护治疗，于是我来到这里调查何晓瓶，却得知她已经自杀，但当晚便和当地市公安局的神探——刑侦支队副队长徐丽萍女警官一起，经历了一起装神弄鬼的午夜凶铃事件，徐丽萍以她强大的推理能力一夜破案。

当天下午，我刚从省厅回到市局，开始别墅惨案的侦破工作以及对黄朗的搜寻工作，一个干练的女警身影便出现在了我面前。

“好久不见了，陈队。”

我正在办公桌前整理案卷材料，一抬头，便看到了那个令我十分钦佩的女神探徐丽萍站在了我面前。

我感到很意外：“徐队，你怎么来了？”

徐丽萍开门见山道：“这次来，是想请你帮我办一个案子。”

我一阵疑惑：“是什么案子，让你大老远地跑来寻求我的帮助？要知道，你的破案能力远在我之上。”

徐丽萍笑了笑说：“陈队过奖了，您一直是我追赶的目标呢。其实这次来，也不单单是想请陈队你帮忙，而是想请你的那位朋友……”

我道：“你要见他？”

徐丽萍道：“是的。”

我道：“可是我现在很忙，你知道的，我手头还有一个案子要办，我已经向省厅立下了军令状……”

徐丽萍目光犀利地凝视着我：“黄朗失踪了，对吗？”

我看着她，点了点头。

徐丽萍道：“我要你帮忙的这个案子，和他有关。”

我狐疑地看着她。

徐丽萍道："我们在案发现场，发现了黄朗的指纹！"

她的话音刚落，窗外便开始雷声轰鸣，暴雨从层层叠叠的乌云间倾泻而下。

随后，她将一份案卷材料递给了我。

我一边快速翻阅案卷，一边听徐丽萍口述案情。

徐丽萍道："就在两天前，我市一幢郊外自建三层别墅发生了一起惨案。一对夫妻死在了家中……"

两天前，北方沿海城市，徐丽萍接到一通电话，便火速离开市局，开车直奔案发现场。

当时是傍晚时分，夕阳正在往地平线下方坠落，晚霞洒满大地。案发现场的自建三层别墅，位于一座村庄的角落，已经被提前赶到的警察封锁，别墅外聚满了当地的村民，以及邻近村落闻讯赶来凑热闹的好事群众。

徐丽萍亮出警官证，穿越警戒带。

在进入别墅前院的一刹那，她便注意到，门口业主自己安装的监控摄像头被人为破坏了。

她穿过前院，进入别墅内部，直接来到了别墅顶层的阁楼，便看到两名死者令人触目惊心的死状。

一名男子浑身赤裸，被五花大绑在椅子上，荆棘缠绕着他的身躯；一名女子，同样遍体鳞伤地跪在男子面前，仰视着男子的脸。

女子的嘴里叼着一个苹果，而男子的脖子上则死死地缠绕着一条蛇。

二人已经毫无生命体征。

办公室里，我和徐丽萍翻看着案卷。

从案卷里看出，两名死者是一对年轻的夫妻，男的28岁，女的26岁，夫妻二人在当地开了四家副食店，案发现场的自建别墅是在老宅的地皮上原地修造的。

看到女被害人的死法时，我忍不住问道："案卷上面写，女被害人是被苹果里的蛇毒毒死的？"

徐丽萍点了点头道："是的！凶手让一条带有剧毒的银环蛇咬了苹果，将毒液注射到了苹果内，而后强迫女性被害人吃了一口，导致其毒发身亡；至于那名男性死者，则是被那条银环蛇勒死的。我们到达现场时，那条银环蛇还活着，凶手用瓷砖胶浇灌了那条蛇的身体，导致毒蛇没法从男子的脖子上脱离。二者的死亡时间是在我们发现尸体的10小时到12小时之前。我们在现场提取到了一枚指纹，当我们的技术人员将指纹输入数据库中进行比对时，指纹竟然和黄朗的指纹数据匹配上了。"

我深吸了一口气道："所以你来到这里，是怀疑这起惨案，是黄朗所为？"

徐丽萍摇了摇头道："陈队，你误解我了。我不会这么武断，仅仅一枚指纹，还不足以说明什么。我来这里，就是想要弄清真相，也是还黄队一个清白。同时，我觉得凶手的作案手段过于变态，所以我很想听听你那位朋友的高见。如果他能给出一张犯罪心理画像，我们也能更快地找到侦破此案的方向。"

我道："你来这里，应该已经见过王局了。"

徐丽萍道："是的，我向王局提出了这个要求，他说那个人一直都是陈队在负责对接，王局让我来找你。"

我点了点头道："既然王局已经同意了，那就没问题了，我这就联系监狱方面，安排这次和他的会面。"

会面时间，被安排在次日上午。

当晚，我请徐丽萍到一家老字号的餐馆吃了顿饭。徐丽萍脱下警服穿便装的样子，和她身着警服的样子反差很大。

穿着警服的她，看上去干练且雷厉风行；而穿着便装的她，看上去就像一个邻家女孩一样，时不时还会露出羞涩的笑容。

那种邻家女孩感只是一种表象，当我们讨论起去年那起案件时，她的态度又回归到了工作状态下的那种严肃。

徐丽萍道："去年那个案子，那个叫夏敬的医生的死，我还是没想明白。"

我道："凶手不是夏敬的妻子吗？他妻子和女保洁联手串通作案，一通装神弄鬼，再加上药物作用，导致夏敬发生心源性猝死。"

徐丽萍道："尽管被害人的妻子是这么承认的，但你还记不记得我去年对你说过的？想要西地那非加上心理暗示的作用把一个人吓死，这个人的心脏必须有严重的疾病才行。法医在尸检的时候，的确检查出死者的心脏在生前有严重病变。但是死者在死前一个月还做过体检，其中就有专门针对心脏的检查，他的心脏当时是完全健康的，他过往也并没有心脏病史。而法医也并没有在死者体内提取到足以在一个月内导致死者心脏骤然恶化的药物成分，所以这很难解释……"

我道："也许是体检弄错了吧。"

徐丽萍道："不单是这个。在调查初期，我们向那名保洁询问情况的时候，她就说看到死者和妻子爆发过激烈的争吵。如果她真是和死者的妻子串通作案，当时不应该提供这样的信息，她应该说夫妻二人关系十分和睦才对。”

我道：“所以难不成真的是午夜凶铃，何晓瓶化作厉鬼向夏敬索命？”

徐丽萍不置可否，没有说话。

我道：“好了女神探，那案子你一夜就破了，两名凶手也都承认了罪行，被判处死刑并已经执行，你就别再纠结这些细节了。也许夏敬在死前一个月内，接触到了什么放射源，导致他心脏恶化也说不好；至于那名保洁，也就是何晓瓶的母亲的行为逻辑，人嘛，有时候不就是这样吗，经常会做出一些自我矛盾的事情。”

徐丽萍道：“可是幕后主使何木成，我们到现在也没抓到他。”

我笃定道：“他迟早会落网的，只是一个时间问题。”

次日上午10点，我和徐丽萍来到监狱，见到了罗谦辰。会面室里，我、徐丽萍与罗谦辰隔着一张长桌，相对而坐。

徐丽萍向罗谦辰自我介绍了一番。

罗谦辰面无表情，片刻之后，他淡然地开口道：“死亡游轮案，我在你们市局，但我似乎没有见过你。”

徐丽萍笑了笑道：“是这样的，罗先生，在那起案子发生之前，我就被领导派到美国交流学习去了，所以没办法赶回来。但我一直都听同事说起您，那起案子的侦破，您的推理和分析起到了至关重要的作用。”

罗谦辰道：“我猜你们这次来，是因为一起案子，而这起案子，和黄朗的失踪有关。”他看向了我，那深邃的眼眸仿佛将我的内心彻底洞穿。

徐丽萍道：“是的，罗先生，您果然料事如神。我这次特地从北方赶过来，就是为了一起变态凶杀案。”

罗谦辰道："你在案发现场，发现了黄朗的指纹？"

我和徐丽萍互相看了看，徐丽萍给了我一个眼神，意思是：你提前跟他说过了？

我摇了摇头，意思是：我可从没说过。

我问罗谦辰道："你是怎么知道的？"

罗谦辰微微一笑："徐女士是女神探，发生在她城市的案子，她又为什么会大老远飞到我们这座城市来寻求你的帮助？说明这个案子，一定是和你有关的。我又结合到黄朗的失踪，猜测大概本案和黄朗有关，刚才也得到了徐女士的证实。那么本案如何与黄朗有关呢？只有可能是徐女士在犯罪现场发现了有关黄朗的痕迹，而最容易鉴别的痕迹，就是指纹。这很容易推理出来。"

徐丽萍露出了欣喜的表情，对罗谦辰道："罗先生，看来你已经同意协助我们侦破此案了。"

罗谦辰看向徐丽萍，明知故问道："噢？为什么这么说？"

徐丽萍道："如果您不愿意协助我们，您是不会针对刚才的细节做出这番推论的。"

罗谦辰向后靠了靠，道："把卷宗给我吧。"

我们将卷宗递给罗谦辰，他开始翻阅起来。

片刻之后，罗谦辰合上卷宗，看向我们，道："我想徐女士现在一定最关心一个问题，为什么凶手会布置这样的案发现场，对吗？"

徐丽萍点了点头道："是的，罗先生，我相信，以您对这些变态杀人犯精确的心理推演，您一定能够告诉我答案！"

罗谦辰道："这是一个预告。"

徐丽萍道："预告？"

罗谦辰点了点头道：“凶手是在向你们预告他即将展开的一系列行动。”

徐丽萍道：“罗先生，您是如何分析出这是凶手的预告的？”

罗谦辰道：“凶手就像十二宫凶手[①]一样，挑衅和玩弄警方。这是量子会的预告，量子会将发起四项人性考验：血水灾、青蛙灾、黑暗之灾和长子灾。”

徐丽萍道：“量子会？”

我道：“量子会是一个犯罪组织，我们一直在追查这个组织！”

徐丽萍对罗谦辰道：“你能推理出第一灾的作案地点吗？”

罗谦辰沉默了片刻，然后说：“其实这一切，都在那个幕后组局者的安排当中。”

徐丽萍道：“这个幕后的组局者是指？”

罗谦辰道：“你不觉得很奇怪吗？你为什么会来到这里？别墅爆炸后，黄朗失踪，紧接着，你又在你们城市的案件调查中发现了黄朗的指纹……”

徐丽萍道：“罗先生，你的意思是说，凶手在现场留下黄朗的指纹，就是为了引诱我来到这里？可为什么呢？”

罗谦辰道：“我听陈警官说过，去年你破了一个案子，那个案子的幕后主使，是何木成对吗？”

徐丽萍道：“是的。”

罗谦辰道：“这就很清楚了。我们已经得知，何木成、刘日升、杨旭、

---

① 十二宫杀手：又称“黄道十二宫杀手”，见《疯人演绎法》，实际上是一名于20世纪60年代晚期在美国加州北部犯下多起凶案的连环杀人犯。他寄送了许多封以挑衅为主的信件给媒体，并在其中署名，信件中包含多重加密的内容。

邓凯四人加入了某个犯罪组织——量子会，这四个人一直在替量子会招募成员，而这些成员以年轻人为主。所以我得出了一个推论：别墅的那起夫妻被虐杀案，的确是由四名年轻人完成的。何木成团伙得知该案，发现这四人正是量子会需要的成员，于是就招募了他们……”

我道：“你的意思是说，之后的爆炸，是何木成四人团伙安排的？”

罗谦辰点头称是：“他们挟持了黄朗。何木成团伙利用某两位组织成员，犯下了别墅杀人案，并且故意在现场留下黄朗的指纹，引诱徐女士来到本市。他们这么做的目的，是因为徐女士亲手将刘日升已经死去的前女友的母亲罗源雯送上了死刑台，并且在审讯过程中得知了幕后主使何木成的存在，而后对其展开追查……”

徐丽萍深吸了一口气道：“罗先生，你的意思是说，我是被何木成团伙引诱至此的，而他们这么做的目的是……”

罗谦辰道：“对你展开报复。”

我道：“同时，也是对我的报复。”

罗谦辰道：“是的。”

徐丽萍道：“可是，如果他们要报复我，为什么一定要把我引诱到这里来，他们在我那座城市一样可以报复我。”

罗谦辰道：“一定是有什么原因的，但这个原因，我暂时还没想明白。”

徐丽萍突然想到了什么：“我想我知道原因了！”

她说罢，转身便冲出了会面室。我看了一眼罗谦辰，罗谦辰朝着门口扬了扬下巴，我赶紧追了出去。

只见监狱的走廊里，徐丽萍一边快步往出口走，一边掏出手机拨打着电话，但那通电话似乎一直都没能打通。

我追上她后，问道："到底怎么了？"

徐丽萍没有说话，直到我们离开监狱，上了车，我坐在驾驶位上，她坐在副驾驶位上，对我道："这里离圣馨家园小区有多远？"

我打开导航搜索道："不堵车的话，40 分钟。"

徐丽萍道："快！快去圣馨家园！"

我立即发动引擎，将车开了出去。

我一边开车，一边问徐丽萍道："到底怎么了？为什么要去圣馨家园？"

徐丽萍道："十年前，我侦破了一起凶杀案，一个男的，杀他的妻子，逃跑了，在追捕的过程中，他激烈反抗，被我一枪击毙。他们有一个女儿，当时才 6 岁，我受上级指派，抚养了她五年时间，直到她 11 岁那年，被一户人家收养，而那户人家就住在圣馨家园。"

我问："这些年，你们一直保持联系吗？"

徐丽萍道："现在联系得少了，因为办案子很忙，几乎抽不出时间和她交流，也好些年没见过她了，但我每个月都给她打生活费，我几乎把她当作了自己的女儿。我的父母早就过世，我也一直单身，更没有孩子，按照罗谦辰的推理，凶手把我引诱到这里来，就只有一种可能性了……"

我深吸了一口气，不再说话，而是握紧方向盘，将油门踩到底。

一路上，我都能感受到徐丽萍的焦虑和担忧。

40 分钟后，我们马不停蹄地赶到了圣馨家园小区。一下车，我们就直奔那户人家所在的楼栋而去。

我们进入楼栋，乘坐电梯来到了 801 号房的门口。

我们按响门铃，但是一直无人回应。徐丽萍又给这户人家拨打电话，但一直无人接听。

这户人家安装的是电子锁，市面上75%的电子锁都可以用特斯拉线圈原理的电磁脉冲器打开。

我掏出便携式电磁脉冲器，放在电子锁前，按下了开关。

一瞬间，电子锁发生了电磁失灵，门锁咔的一声打开了。

我们打开门，进入屋内，便闻到了一股臭气从浴室中传来。

当我们走进卧室，便看到了我们最不愿意看到的、令人毛骨悚然的一幕……

第八个案例

人性的考验（转）——量子会四灾

和之前在本市那幢自建别墅里看到的情形一样，女主人被凌虐致死，男主人被五花大绑在椅子上，凶手用一根皮带绞杀了他。

就在这时，客厅里的座机响了起来。我走过去，上面显示“未知来电”，于是立马警觉起来，按下了免提。

一阵嘈杂的电波声后，一个尖锐的由变声器处理过的声音从座机中传来：“陈警官，徐警官，你们好啊。”

我和徐丽萍互相看了看，心想：凶手知道我们进来了，他看得见我们？

电话里的声音接着说：“怎么样？场面震撼吗？”

我对着电话问：“你是谁？”

电话里的声音道：“我们玩个游戏怎么样？”

我愤怒地冲着电话吼道：“我们没空陪你玩游戏，你到底是谁？”

电话里的声音笑了起来，那是一种略带轻蔑的嘲讽的笑：“哈哈哈哈哈哈，你们必须陪我玩这个游戏，二位警官，因为你们最重视的人都在我的手上！”

我怒不可遏：“你只要敢动黄朗和那个女孩一根汗毛，我亲手毙了你！”

电话里的声音笑得更厉害了：“这么说，你同意玩这场游戏了？”

我深吸了一口气，努力使自己镇定下来：“你要怎么玩？”

电话里的声音道：“规则很简单，每隔三天我都会准备新游戏，只要你们赢了或者是平局，我就会放了他们俩。计时从现在开始，好好把握时间，二位警官。”

随后，电话挂断了。

这时，徐丽萍将沙发上的一只玩具熊抱了起来，仔细端详了片刻，而后用力抠掉了玩具熊的一只眼睛，露出了隐藏在里面的针孔摄像机。

徐丽萍道：“这是无线传输的针孔摄像机，凶手就是通过这个来观察这里的情况，看来他们早有准备，已经预料到我们会找到这里来。”

我电话通知了市局，随后，大批同事赶到现场提取物证。

我和徐丽萍来到小区的保安室调取了监控。由于该小区十分老旧，所以监控盲区特别多。该楼栋有两个入口，只有前门有监控，后门是没有的。我们现场模拟了一遍，只要凶手从小区侧面围墙翻入，而后沿着一条特定路线行走，便可以完美避开小区内所有的监控，而后通过无监控的楼栋后门进入，走楼梯抵达被害人家门口。

小区监控最后一次出现两名被害人的画面是在一周前的晚上6点半，二人买好了菜，步行从小区正门进入，楼栋的正门和电梯内的监控都拍到了他们回家的画面，之后就再也没有拍摄到他们离开小区的画面。

法医的尸检报告指出，两名死者死于六天前的凌晨4点到清晨6点之间。也就是说，一周前的晚上6点半，两名被害人回家后不久，就被犯罪分子强行控制，之后遭到凌虐，并死于次日凌晨4点到6点之间。

市局的法医学解剖室里，陈小芸道："现场没有发现凶手指纹，但是，在女性死者的阴道内提取到了四名男性的精斑，经过比对，和在之前那幢自建别墅内提取到的四份精斑的DNA数据一致。"

我点了点头道："果然是同一伙人所为！"

我拿着尸检报告，正要离开解剖室，陈小芸突然叫住我，眼神担忧地问我："听说，在另一座城市，案发现场发现了黄队的指纹，是吗？"

我只是点头，没有说话。

陈小芸道："他不可能是凶手，对吗？"

我道："你放心，我们警队没有人怀疑他，现在已经确定了，是凶手欲盖弥彰，老黄被一伙犯罪集团绑架了。"

陈小芸焦急道："陈队，一定要把他救出来！"

我道："我会的！"

此刻的我，比谁都着急想要救出黄朗！为了能让他活着回来，哪怕是付出生命的代价也在所不惜！

王局召集我们，在会议室里，针对本案召开了紧急专项会议。会议上，王局做了一个大胆的决定，那便是，将罗谦辰从监狱中抽调出来，配合我们专案组侦办此案。

虽然前年也有过两次将罗谦辰从监狱中抽调出来配合办案的经历，但那毕竟是公安部直接要人，可是这回，局长直接做了这样的决定，还是令我大感意外。

因为一旦在这个过程中出了什么问题，王局的警察生涯怕是到头了。

当天深夜，我便受王局指派，来到监狱，和监狱方面完成了交接手续，而后将罗谦辰带出了监狱。

浓重的雾气在一片漆黑的郊外道路上弥漫着，我和另外六名武装警察，押送罗谦辰挤在一辆警用防弹装甲车的后车厢内。

装甲车的前后各有一辆警车陪同。

罗谦辰依旧穿着囚服，戴着镣铐，但他浑身上下所流露出的足以控制全场的气质，令所有人都意识到，他才是主角。

我坐在罗谦辰的对面，对他道："今天很快就过去了，我们还剩两天时间，又会有新的游戏。"

罗谦辰没有说话，只是平静地看着我。

我接着道："你之前的推理完全正确，我们需要你帮我们阻止量子会的新游戏，帮我们抓到他们。"

罗谦辰道："我需要一个体面的居住环境、一套体面的西装、一顿体面的西餐。你们得把我的镣铐解开，不然我的思想也像是被什么东西锁住了，无法延展开来……"

我感到一阵为难："这在程序上恐怕……"

罗谦辰耸了耸肩道："你们可以现在就把我送回监狱去，毕竟，那本《理与人》我还没有看完。"

我深吸了一口气道："你稍等。"

随后，我拨通了王局的电话，电话中，王局直截了当地告诉我："小陈，罗先生有什么要求，只要是在合理合法范围内，你全都满足他！这案子，只有他能破！经费方面不用担心，局里会想办法解决。"

王局的电话挂断后，我又拨打了一个电话，命人去市里最好的五星级酒店开了一间总统套房，而后直接在酒店楼下的奢侈品男装店按照罗谦辰的尺寸买了一套西装送到房间里，又安排厨房专门按照罗谦辰的要求做好了西餐。

我们将罗谦辰送到了酒店，等他在房间内换好了西装，便直接移步到了酒店的西餐厅开始进餐。

西餐厅的装潢十分后现代，大理石与现代简约黑白灰的色调融合在一起，配合着橙黄色的灯光，以及窗外城市繁华的夜景，一切都显得十分正式和庄重。

我坐在罗谦辰对面。他穿上西装的模样，在灯光下更显儒雅，同时也能给人一种极强的压迫感。

那种压迫感，会使你的气场在他面前自然而然地弱下来，甚至是到了荡然无存的地步。

前菜，是法式柳橙鹅肝。配合的餐酒，是格兰威特 25 年苏格兰单一麦芽威士忌。

罗谦辰用刀轻切了一小块鹅肝送进了嘴里，温柔地咀嚼了起来，然后咽了下去，又微微呷了一口杯子里的威士忌。

我道："现在，可以帮我分析案情了吗？"

罗谦辰道："量子会要降下血水灾，必然不会是小规模的。"

我道："你是说，凶手会一次杀掉很多人？"

罗谦辰点了点头，继续切割着鹅肝。前菜吃完了，服务员将主菜香煎菲力牛排端了上来。

三分熟，带血的熟度。

他切割着牛排，猩红色的血水从肉的间隙里溢了出来："会血流成河。"

我听得浑身直冒汗："你觉得，凶手会怎么做才能达到他想要的血流成河的效果？"

罗谦辰将一块牛排送进嘴里咀嚼起来，又配合着威士忌咽了下去，道："凶手自然不可能真的染红河水，但有一种地方，可以满足凶手的要求。那便是市内人流量密集的浴场、游泳馆和水上乐园之类的场所。"

我倒吸了一口凉气："我明白了，非常感谢！"

随后，我转身离开了西餐厅，并留下三名警司看护罗谦辰。

为了配合罗谦辰的工作，我们在酒店的会议室内设置了临时指挥中心。我来到楼下的会议室，召集专案组所有人开会。

徐丽萍作为专案组的副组长，也第一时间赶到了会议现场。

我们调出了市内所有的浴场、游泳馆和水上乐园，加起来大大小小一共 532 家。

我深吸了一口气道："实在是太多了，根本无法确定凶手会在其中哪一个场所实施犯罪，我们不可能布控这么多场所。"

徐丽萍冷静地分析道："陈队，您过于紧张了，紧张影响了您的判断。我想，如果按照罗先生的分析，凶手想要达到轰动的效果，那么一定会选择市里最有名的也是人流量最大的场所实施犯罪。"

我道："市里最大的……"

这时，一名分析员对我说："陈队，我刚刚查到，两天后的上午 10 点，我市海立方游泳馆会举办一场国家级的游泳比赛，到时候现场一定聚满了人……"

我深吸了一口气道："立即联系他们，叫停比赛！"

分析员道："我试试。"

随后，他给大赛组委会打去电话，却得到了这样的答复："这是国家级的比赛，赛前已经做了长达半年的筹备工作，各级领导以及各路媒体也全都准备就位。临时叫停，需要向体育总局申请，组委会没有权限叫停比赛。”

我夺过电话，用力拍了拍桌子道：“那也必须叫停！不能拿现场几万人的性命开玩笑！”

电话那头的声音一下子弱了起来：“这……这……我们真的很为难啊，况且现在也只是你们的推测不是吗？你们也无法确定凶手会选择在海立方作案。”

我道：“如果你们不叫停比赛，到时候现场出了事儿，你们担得起这个责任吗？”

对方沉默了片刻，而后道：“这样吧，我们组委会现在就开个会，对风险进行评估，评估结果我们会很快告知你们。”

我们焦虑地等待着，一个小时后，对方终于给我们回电，我第一时间按下了免提。

对方的声音听上去有些发抖：“是这样的，我们组委会开会决定，叫停比赛。”

我们全都松了一口气，可是对方的一个“但是”又将这口气提到了嗓子眼。

对方道：“但是我们刚才接到了一通匿名电话，对方说，如果我们组委会叫停比赛，他们就会在市中心引爆炸弹。”

我们立即派遣技术部的人，联系了电信方面，对这通打向赛事组委会的匿名恐吓电话进行了追踪，可结果和之前一样，追踪到电话是从境外打过来的。

王局做了最终的决定：“比赛不能叫停，派出全市所有的骨干警力，全面配合武警、国安、特勤，提前对会场进行布控，以最严苛的安保措施，杜绝一切实施犯罪的可能性！保障比赛顺利进行下去。”

我们立即调动全市警力，进入海立方游泳馆，对整座场馆进行了地毯式搜查，排除了一切安装爆炸物的可能性。

而后，我们又在场馆内外紧急加装了 500 多台最先进的监控摄像机，做到了无死角全面覆盖。

在比赛开始前，我们对泳池用水进行了检测，确保没有毒药混入。

比赛当日，我们在比赛现场都非常紧张，看谁都像罪犯，看到举止不正常的就会忍不住上去盘问一番。

比赛一直进行到下午，还未结束，却一切太平，越是平静就越令我们感到紧张，尽管我们已经做了最严格的安保措施，但还是害怕凶手见缝插针找到途径实施犯罪。

大约下午 3 点的时候，我接到一个电话，竟然是罗谦辰从酒店打来的。

电话中，罗谦辰说："我的推理，可能失误了。"

我紧张道："怎么了？"

罗谦辰道："我想，量子会的四灾，既然是为了考验人性，那么血水灾必然不会是在游泳馆当中制造血流成河的惨案这么粗暴和简单。考验人性，必须追根溯源……"

我怔住了："你的意思是……"

罗谦辰道："凶手很有可能会在城市的饮用水中投毒，他们的目标，应该不是游泳场馆，而是城市的自来水厂！让所有人在根本上对水源产生恐慌，这大概才是血水灾本来的目的。"

我感觉自己的脊背一阵发凉。挂断电话，我在场馆紧急抽调了 10 支队伍，分别赶往负责本市自来水供应的 10 家自来水厂。

我直接带队前往的，是本市最大的那家自来水厂。因为我联系了本市的自来水总公司，分别通知了10家自来水厂的负责人，可是，只有最大的那家自来水厂的电话一直打不通。

我们几乎和自来水公司的领导同时赶到那家自来水厂，发现门口的保卫室里空无一人。

我立即率队持枪冲进厂区，却发现，在水厂内值班的员工及两名负责人全部死亡。

他们的尸体被扔进了蓄水池中，将蓄水池里的水染成了淡红色。

我们紧急关停了蓄水池对外供水的闸门，并且让技术人员现场对水质进行了检测，结果令人惊悚不已，技术人员在水里检测出了大量的氰化物。

厂区内的监控被全部破坏，但我们还是通过道路监控看到了两个蒙面的持枪歹徒闯入厂区。

他们首先挟持了门卫室的保安，而后消失在了厂区内。时间是中午11点半，当他们离开厂区时，已经是下午2点。

而现在，是下午3点半，如果我们能够早一个半小时抵达现场，就可以和两个匪徒打个照面。

凶手给组委会拨打的那通恐吓电话是故意为之，他们就是为了让我们误以为他们的犯罪地点就是海立方游泳馆，以此来引开全市的警力，便于他们实施对自来水厂的犯罪。

当晚，我们所有人的心情都十分沉重，各路媒体铺天盖地报道此事。

酒店的会议室里，罗谦辰也陷入良久的沉默中，最后他致歉道："这次是我的失误，对不起各位。"

徐丽萍道："罗先生，已经没时间给我们反思了，今天马上要过去了，三天，只剩两天多的时间，很快，青蛙灾就要降临了。”

我道：“难道凶手要让青蛙遍布整座城市？”

罗谦辰摇了摇头说：“凶手应该会利用毒蛙来作案，据我所知，世界上最毒的一种蛙是黄金箭毒蛙，一只所产生的毒素，可以在3分钟内毒死10个成年人！”

我道：“所以，你的意思是……”

罗谦辰道：“黄金箭毒蛙，生活在南美洲的热带雨林中，属于境外物种，我们国家一般是没有这种蛙类的。类似的带有剧毒的蛙类，还有10来种，都是禁止销售的。凶手如果要制造青蛙灾，就必然要弄到大量的毒蛙，他们只有两种途径：一种是从野生动物走私渠道购买，另一种则是去野生动物园或者野生动物研究所搞到活体样本。但大批量购买毒蛙肯定会被查获，即便是黑市也不敢如此大批量出售，野生动物园或研究所也不存在那么多活体样本，所以他们应该会提前搞到几只毒蛙活体，而后在市内秘密养殖，而蛙类的繁殖能力是极强的……”

徐丽萍道：“蛙类的大规模养殖，一般需要大片的水田，很难掩盖，所以我们现在的任务就是，在两天内尽快查清全市所有的青蛙养殖场！一旦发现毒蛙，立即对当事人进行控制！”

可是我们花了一天时间，将市里所有的青蛙养殖场查了个底朝天，都没能找到毒蛙的影子。

这也并不奇怪，凶手如果要养殖毒蛙，肯定不会在我们能找到的养殖场内，他们很有可能会在某处人迹罕至的深山老林里进行毒蛙的养殖。

很快，我们得到了山南县的反馈，称当地疑似有人非法养殖毒蛙。

我们连夜赶往该县，配合县警队，对全县进行搜查。很快，我们接到了当地居民的反馈，说他们村落附近晚上总能听到十分响亮的蛙鸣声，这蛙鸣声也就是最近半年才出现的，以前都没有过。

我问那位居民道："每晚蛙声很大吗？"

他回答说："很大，像是有很多蛙集中在一起养殖的感觉。但咱这儿也一直不养蛙，我猜就是野地里的。"

我又问："这么吵，之前为什么不汇报？"

问完后我才意识到这个问题有多愚蠢。

他笑了笑道："有蛙是好事啊，干吗要汇报？这不，看到你们发的通告，我就来跟你们汇报一下嘛。"

随后，我们跟随举报人前往他所居住的村落，果然在黑夜中听到了大片的蛙叫声。这蛙叫声是从山坡对面传来的。

我们率队循着蛙鸣声上了山坡，来到了山坡的另一面，那蛙叫声便越发喧嚣。

随后，我们用警用强光手电向下探照，便看到了一片洼地中的水田，水田中，有成百上千只通体金黄的蛙在跳动。

这时，一个黑色的身影出现在了水田对面，他举起手电，向我们射来，而后转身便跑。

"公安局的！不许动！"

我立刻鸣枪示警，带人冲下山坡，追了过去。很快，我们就在野地里将那一头黄毛的小子逮捕了。

我们查封了这座非法经营的青蛙养殖场，并且请专家来对这些金黄色的蛙进行鉴定，得出结论，这些蛙全都是带有剧毒的黄金箭毒蛙。

黄毛小子被我们带到了县公安局进行审讯。

我问："姓名？"

黄毛小子哆哆嗦嗦道："钱、钱亮。"

我问："性别？"

黄毛小子道："警官，这……"

我道："我问你什么，你回答什么！"

黄毛小子道："男。"

我问："年龄？"

黄毛小子道："20岁。"

我道："你小子知道自己犯了什么事儿吗？"

黄毛小子道："警官，我就、我就负责给人看守养殖场，养青蛙，不犯法吧？"

我道："养青蛙是不犯法，关键是，你养的不是青蛙，你养的是带有剧毒的黄金箭毒蛙！"

黄毛小子道："什么蛙？还有剧毒？我，我真不知道啊，警官，我就是个负责给人看场子的，那些蛙金灿灿的，还挺好看的，我也不知道有剧毒啊！哎哟，要早知道这样，我就不接这个活儿了。"

我冷笑了一声："你少给我装蒜！你不知道，那见到我们跑什么？"

黄毛小子道："这养殖场，我知道是没拿牌照的，非法经营，我以为你们是来查这事儿的呢。"

我道："知道是非法经营，你还接这活儿？"

黄毛小子做了个为难的表情："警官，我这不是没钱花嘛。"

我道："嗬，你这样的，我见多了，你手上的皮疹，很明显就是不小心接触到毒蛙的毒液所导致的，你很清楚这些蛙有毒。刚才我们查了你的手机，在你的搜索记录中，就有'黄金箭毒蛙'这一项。你还有什么可狡辩的？”

黄毛小子陷入沉默。

我拍了拍桌子：“我劝你老实交代！我们的政策，坦白从宽，抗拒从严，你只要告诉我是什么人请了你，我们或许将你作为污点证人，对你网开一面！”

黄毛小子的心理防线瞬间被攻破了，他左右张望了一下，浑身发抖地对我说：“我、我不想揽这活儿，我当时看到这些蛙，就上网查了，知道是黄金箭毒蛙。”

我问：“那你当时为什么不报案？”

黄毛小子道：“一是为了赚点生活费糊口；二是他们威胁我，如果我不听他们的，他们就会杀了我的！”

我道：“他们，也就是说，威胁你的，不止一个人，请问是几个人？他们都是谁？”

黄毛小子又陷入沉默，过了好一会儿，他开口道：“带我离开这儿，只要在这里，我就感觉不安全！”

我道：“这里是县公安局，我们会保护你的！”

黄毛小子摇了摇头道：“只要是在这座县城里，就不安全，我感觉这里到处是他们的耳目！带我去市局，我到了市局，就会告诉你们！”

随后，我亲自将他押出了县公安局的大门，朝市局的警车走去。

可就在他即将被押上警车的一刹那，他的身体突然抽搐了一下，僵住了，而后他整个人倒在了地上，身体蜷缩成一团。

我道：“我说，你小子别给我装啊！给我起来！”

随后，他开始口吐白沫。

我摸了摸他的后脖颈，发现他的脖颈上插着一根钢钉。我立即喊人来帮忙，将他抱上了警车，直接送往县医院。

可是，人刚送到医院，还没来得及抢救就死了。

在医院的大厅内，我来回踱步，焦躁不安。突然，我的手机响了起来，来电显示为“未知来电”。

我接起电话，不出所料，电话那头响起了那熟悉又刺耳的变声器音：“哈哈哈哈哈，恭喜你陈警官，你竟然扳回了一局。”

我紧握着手机，怒不可遏：“刚才是你杀了钱亮？”

电话里的声音笑得更开心了：“不是我，我可不会亲自动手。”

我问：“你到底想用那些毒蛙做什么？”

电话里的声音道：“本来，我是准备抓一批县里的居民，把他们集中在我挖好的坑里，而后把所有的黄金箭毒蛙倒进去。黄金箭毒蛙体表分泌出的毒液，一旦沾上了人的皮肤，就会使其过敏起疹，这时，他们就会疯狂地抓挠自己，抓到破皮，抓到出血，这时，毒液就会渗透进他们的身体，将他们全都痛苦地毒死在坑里。”

我道：“我不明白你们这么做的目的到底是什么，就是击碎他人的信仰？”

电话里的声音道：“没有什么目的，这只是一个游戏。”

我道：“如果我没猜错，你还有别的毒蛙，你还会继续实施你的青蛙灾。”

电话里的声音变得十分轻蔑：“你太瞧不起我了，陈警官，我是非常遵守游戏规则的。这一局，你赢了，青蛙灾的行动也就终止了。现在比分为 1∶1 平，下一局，祝你好运！”

随后，电话挂断了。

医院得出结论，黄毛是中毒身亡的，他体内的毒素和那根钢钉的尖端提取到的毒素一致，经过化验，全都来自黄金箭毒蛙。

钢钉的结构则和射钉枪所使用的钢钉一致，推测凶手使用改装过的不需要顶住墙面即可直接击发的射钉枪，远距离射钉，将涂抹了毒药的钢钉打在了黄毛的脖子上。

也就是说，当时凶手可能就躲藏在距离我不到百米远的暗处。

我们调取了县公安局外的监控，可是在监控范围内，并没有拍摄到可疑人员。

从钢钉的射入角度推测，当时，凶手应该就隐藏在我面朝县公安局正门右侧的某个楼内。我到射击范围的几座楼内调查了一番，并没有发现类似凶手的可疑人员。

黄毛的死，我交给县公安局全力调查，而我，则火速赶回市区，着手下一灾，也就是虱子灾的调查工作。

清晨回到酒店，我直奔专案组临时会议室，却发现，徐丽萍竟然独自一人在偌大的会议室里睡着了。

落地玻璃窗外的晨光透射进来，洒在满桌残余的咖啡和凌乱的文件上，看得出这里经历过一整夜的头脑风暴。

徐丽萍听到我的脚步声，醒了过来："陈队。"

我道："你怎么在这里睡着了？回房间休息吧，窗帘也不拉上，灯也不关，这怎么睡？"

徐丽萍捂了捂脑袋："太累了。而且我也习惯睡会议室了。"

我打电话给前台，要了早餐和咖啡，而后在她身旁坐下，享受着这短暂的清闲。

我道："看得出你很担心那个女孩。"

徐丽萍没说话，只是点了点头："青蛙灾解决了吧？"

我道："解决了，只可惜，关键证人被凶手暗杀了。"

我说着，向后靠了靠："是我疏忽大意了。"

徐丽萍道："话说，陈队，你干刑警多少年了？"

我道："算上今年，17 年了。"

徐丽萍问："这么些年，你还是单身？"

我道："是啊，我和老黄都是。"

徐丽萍问："为什么不谈一个呢？没找到喜欢的？"

我苦笑道："每天在一线办案，哪有时间啊？每天和我相处时间最多的就是老黄，我总不能和他结婚吧？"

徐丽萍开玩笑道："其实也不是不可以。"

我看了看她，也笑了起来："没想到徐大神探还有这么幽默的一面，哈哈！"

徐丽萍看着我说："你看我怎么样？"

我看着她，冷了几秒，笑道："徐队，别开玩笑了。"

徐丽萍尴尬地笑了笑，接着喝咖啡，不再说话。

之后的每天，徐丽萍都在会议室里熬通宵，我十分敬佩她这种敬业精神。

酒店的专案组临时会议室里，罗谦辰和我们专案组的所有人坐在一起。他看上去泰然自若，似乎之前连续两次的失败并没有影响到他。

我道："接下来，还剩两灾，黑暗之灾和长子灾。凶手说，只要获得半数胜利，就会放人！平局就算我们赢！所以这两灾，我们必须获胜，才能够赢得这场对决的胜利，才能够成功解救出两名人质！"

徐丽萍道："可是黑暗之灾，凶手要怎么执行呢？凶手不可能让整个世界都堕入永远的黑暗当中吧？”

罗谦辰道：“其实，从一开始我就在思考这个问题。黑暗之灾，并不一定是让天空变得黑暗，而是让人陷入黑暗中。”

徐丽萍道：“你的意思是，把人变成瞎子？”

罗谦辰道：“我们还是要从考验人性的根本来思考这个问题。或许，只是要将某个人或者某一批人在黑暗中囚禁三天……”

我道：“可是将一个人在黑暗里关上三天，这也没什么吧？三天，睡几觉也就过去了。”

罗谦辰微微一笑道：“对于普通人来说，是没什么，但是对于患有幽闭恐惧症的人来说呢？让他们整整三天待在一个完全封闭幽暗的空间里，对于他们来说，简直就像是炼狱般的折磨！”

我倒吸了一口气，开始对所有人下令：“去市里所有医院的精神科、心理科，以及所有精神病医院和私人的心理诊所、咨询室进行全面调查，必须在一天时间内，将本市所有确诊过幽闭恐惧症的患者找出来！”

可当我话音刚落，会议桌上的电话便响了起来，电话是从市局打来的，我接起了电话，听筒那头响起了一个同事紧张的声音：“喂，是专案组吗？”

我道：“是的，我是组长陈峰。”

电话里的小警员道：“陈队，我要向您汇报一个情况。”

我道：“你说。”

小警员道：“刚才有一个人来自首，他说，他就是四灾幕后的策划者和指挥者！”

我一惊，感觉浑身的鸡皮疙瘩都瞬间暴起：“他在哪儿？！”

小警员道:“我们把他关在市局的拘留室里了！”

我挂断电话，对在场所有人道:“刚才有人自首，说他是本案的始作俑者。徐队，你跟我一块儿回趟市局，其他人，按照我刚才的指示，全力去查我市确诊的幽闭恐惧症患者！”

任务分配完毕，我和徐丽萍立即动身离开酒店，火速返回市局。

到了市局，我们在警员的引领下，直奔拘留室而去。

当我推开拘留室大门的一刹那，眼前这个男人的脸令我浑身的血都要从毛孔喷涌而出。

虽然我没有亲眼见过他，但是我在“海上密室案”的卷宗里，见过他的照片。

这个男人坐在审讯桌前，白色的灯光将他脸的轮廓照得格外阴鸷。他的双手和双脚都被手铐束缚着，但他看上去却有一种随时能够挣脱镣铐的自如感。

我和徐丽萍坐在他面前。

他笑了笑，对我们道:“你们好，陈警官，徐警官，初次见面，请多关照。”

我仔细盯着他的脸，凝视了片刻，而后笃定道:“你是何木成，对吗？”

对方依旧保持着令人发寒的笑容，嘴角微微上扬道:“是的。”

我道:“你是这一系列事件的始作俑者？”

何木成点了点头道:“没错。不仅仅是这些事件，正如你所怀疑的，去年那个名叫别哲的警官的死，也是我策划的。”

我问:“前不久，郊外自建别墅的案子，一对夫妻被虐杀，也是你策划的吗？”

何木成道："第一起，并不是我策划的。那只是四个年轻人随性而为，我只是看他们很有天赋，将他们保护了起来。"

我道："你招募了他们？"

何木成耸了耸肩："可以这么说。"

果然和罗谦辰推理的一样。

徐丽萍向他发问："那个名叫夏敬的医生的死呢？也是你策划的吗？"

何木成道："不完全是。"

徐丽萍问："什么意思？什么叫不完全是？"

何木成道："该怎么说呢？在我原本的计划中，我是想让夏敬的妻子郝可人和何晓瓶的母亲罗源雯长期在夏敬的饮食中混入大量药物，导致他慢性药物中毒，心脏恶化而死；可是一切都出乎我的预料，竟然只用了短短一个月，人就死了……"

徐丽萍问："我也很奇怪，夏敬在死前一个月做过体检，心脏是健康的，尸检时也没有在他体内查出其他可以在一个月内导致一个人发生严重心脏病变的药物，你究竟是怎么做到的？就像你说的，药物是不可能在一个月内做到这一点的。"

何木成道："我不知道，也许，真的是何晓瓶化作厉鬼索命呢？"他说着，做了个怪异的鬼脸，如同小丑般哈哈大笑起来。

徐丽萍拍了拍桌子："我希望你严肃一点！我还有一个问题，既然郝可人和罗源雯是一伙的，为什么在初期调查中，罗源雯会向我们汇报说郝可人和夏敬有过激烈争吵？"

何木成道："这是我教她的，这样她就可以把嫌疑全部转移到郝可人身上，一旦事情败露，起码还有说辞可以自保。"

我冷笑了一下道："其实，你并不是幕后主使，你一直都听另外一个人的，那个人就是你们四人团伙的老大刘日升，对吗？”

何木成道：“是吗？你怎么确定刘日升还活着呢？哈哈哈哈哈！”

我假装打了个哈欠：“说吧，你为什么自首？游戏，不是还没结束吗？”

何木成道：“你怎么不问我黄朗和那个小女孩在哪儿？”

他说着，看向徐丽萍。

徐丽萍面无表情道：“因为我们知道，游戏还没有结束，你自首，其实也是你游戏的一部分，不是吗？现在是1∶1，只要我们赢了剩下这两局，你就得按照承诺放人！”

何木成的表情中露出了一丝钦佩：“游戏的确没有结束，但我这次来，是想通知你们一声，接下来要执行的，并不是黑暗之灾，而是长子灾，我把黑暗之灾留在了最后。”

我问：“为什么要调换顺序？”

何木成道：“因为我想在黑暗之灾里给你们一个惊喜，这可是压轴好戏！”

我道：“你是想扰乱我们的侦查方向，其实你是怕我们阻止了你的黑暗之灾，才故意这么说的，我说得没错吧！”

何木成又笑了起来：“哈哈哈哈哈，陈警官，如果我想要扰乱你的侦查方向，一个电话就足够了，何必来自首呢？我是觉得，临时调换顺序，违背了游戏规则，只能亲自登门拜访，以表诚意！现在，你为什么不去找你那位老朋友，听听他有什么看法呢？”

我立马起身：“徐队，你继续审问他！”

随后，我快步离开审讯室，回到自己的办公室里，给专案组临时会议室打了个电话。

电话接通，还没等对方说话我就急忙道："凶手说，他临时调换了顺序！接下来要执行的，不是黑暗之灾，而是长子灾！"

没想到电话那头响起了罗谦辰低沉而饱满的富有磁性的嗓音，他语调平稳地对我道："我已经考虑到这一点了，在你离开后，我让他们分出一队人马，同时开始调查长子灾了。"

我道："这么说，你已经分析出长子灾凶手可能的作案行为了？"

罗谦辰道："敌人领袖的长子。王局有儿子吗？"

我道："当然有！他有一个儿子和一个女儿。"

罗谦辰问："儿子是长子吗？"

我道："是的。"

罗谦辰道："杀掉敌人的领袖之长子，可能指的正是王局的儿子。"

今天，是三天的最后一天，是长子灾要执行的日子！

我立马冲向王局的办公室，可是他不在，于是紧急拨打了他的电话。可是，王局的手机却关机了。

我立马询问了办公室门口的办事员，他告诉我说，王局正在省厅开会。

我便问："你知道王局的儿子现在在什么地方吗？"

办事员只是摇了摇头。

这时，旁边的一名警司对我说："你说伟康啊，我听王局说，他上个月从美国学习回来，现在应该在医院实习。"

我问："哪家医院？"

那名警司道："市第七医院。"

我问："你有他电话吗？"

警司摇了摇头。

我道：“快查一下，查一下他注册二代身份证时登记的手机号！”

警司道：“这，查王局的儿子的个人信息，不大好吧……”

我急得拍了拍桌子：“现在王局的儿子有危险，我需要立即通知他！”

警司立马紧张起来，打开电脑，在键盘上敲击了片刻，而后道：“查到了！”

随后，我拨打了这个电话，连打了三通，都无人接听。紧接着，我联系了市第七医院，他们告诉我，王局的儿子王伟康正在陪同该院心胸外科的主任医生在手术室里给一名病人做心胸外科手术。

我深吸了一口气，立即叫了四名支队的同事，和我一同驱车往市第七医院疾驰而去；同时，我拨打了第七医院所在辖区派出所的电话，通知民警立即前往市第七医院寻找王伟康。

25 分钟后，我们抵达医院，此时是上午 11 点 25 分，按照之前的经验，凶手一般会在 11 点半到下午 3 点之间动手。

我们快要来不及了！

派出所的民警比我们早 10 分钟抵达医院，他们告诉我一个令我浑身冒汗的事实。

派出所的所长对我说：“不好了，陈队，人不见了！”

我道：“什么情况，不是说人在手术室里吗？”

所长道：“我们进了手术室，手术还在进行，但是王伟康不在里面。主任医生和护士说，王伟康中途离开了一会儿手术室，就再也没回来。”

我道：“那还愣着干什么？快去找！”

所长道：“已经在调监控了！”

监控室里，我们从监控录像上看到，王伟康是今天上午 11 点离开的手术室。他穿着包裹严密的外科手术服，戴着厚厚的N95口罩，顺着走廊，一路走进了洗手间，便再也没有从洗手间出来。

所长道："可是，这洗手间我们搜索过了，根本就没看到人。"

我道："那就再找一遍！"

随后，我们来到了洗手间，进入男厕，的确没有找到王伟康；我们又进入女厕搜索，同样没找到人。

两间厕所，没有窗户，通风口也无法使一个成年人进入，唯一的出入口就是厕所的正门。

王伟康就这样在厕所里人间蒸发了？

这时，徐丽萍也赶到了现场，她对我们说："物质不会凭空出现，也不会凭空消失，只会完成由一种形式到另一种形式的转化。人是不可能凭空消失的，我们需要再仔细看一遍监控。"

我们回到监控室一帧一帧地查看监控，上午11点3分，王伟康进入洗手间。

11点2分，戴着口罩和黑色墨镜，脖子上裹着厚厚的围巾，身上穿着黑色呢子大衣的女人引起了我们的注意。

因为现在刚刚进入9月，尽管是初秋，本市的气温还是比较高的。

这名女子却穿了一身冬装。

徐丽萍道："注意这个人，这个人非常可疑！"

11点4分，这个女人拖着一个硕大的行李箱从厕所内走了出来。

徐丽萍道："她进去的时候没有带行李箱，出来的时候就有了！说明什么？"

我倒吸了一口凉气："说明箱子是提前预备好的，里面装的可能不是行李，而是人！王伟康在箱子里！"

徐丽萍道："她把自己裹得严严实实，就是为了不让监控拍清楚她的相貌特征。"

我们按照该女子的走向，调取监控，一路追踪她，看着她进入停车场，将行李箱放进一辆黑色 SUV 的后备箱里，而后将车开出了停车场。

我立即通知交警队的同事，让他们帮忙调取道路监控，发现这辆 SUV 在离开停车场后，一路向郊外奔去。

我通知他们尽快设卡拦截，而后和徐丽萍一起上了警车，飞速向该 SUV 逃逸的方向追去。

10 分钟后，对讲机里传来了交警队同事的声音："陈队，嫌犯强行闯卡，强行闯卡！我们正在全力追击！"

我一边开车，一边大喊道："汇报位置，汇报位置！"

交警队同事道："梅园湖环路东段！她在自东向西行驶！"

梅园湖环路东段……我知道一条近路，速度快的话，从我这里出发可以直接超到她前面去！

我立即向左打方向盘，驶出了公路，沿着野地小路飞速向前奔驰。

大约 13 分钟后，我驾车冲出了野地，来到了公路上，导航显示，这里是梅园湖环路西段。

这时，我便看到一辆黑色 SUV 向我驶来，那辆车的后面，三辆警车呼啸着警笛在追赶。

我驶上逆向车道，迎面朝黑色 SUV 驶去，想要将其逼停。

可是，那黑色 SUV 丝毫不避让，反而加速，不偏不倚地朝我的车撞了过来。

我紧急打方向盘，有惊无险地避开了，而后快速转向，朝 SUV 追了过去。

可是，追了不到三分钟，那辆黑色 SUV 竟然减速了，而后缓缓地在路边停了下来。

它是没油了吗？

我们立即追了上去，四辆警车将黑色 SUV 团团围住。

只见车上的那名女子主动走下车，我们全都用手枪指着她，而她，却朝后备箱走了过去。

我用枪口指着她，大喊道：“不许动，再动开枪了！”

她似乎并不在意，而是执意往后备箱走。

我立即冲上去，将她摁在了车身上，并且反手铐上了手铐。

在这个过程中，我揪掉了她的假发，才发现“她”是个男的。

他用低沉的嗓音笑着道：“哈哈哈哈哈哈，你们不是冲着行李箱来的吗？我帮你们打开呀。”

我用枪口顶住他的太阳穴：“你给我老实点！”

这时，同事已经将行李箱从后备箱里小心翼翼地拖了出来：“需要密码！”

我冲着嫌犯怒吼道：“密码！”

嫌犯报出了密码。

密码输入正确，保险箱打开了，里面果然躺着一个身着外科手术服的人。这个年轻人，已经窒息身亡了。

我没有在现实中见过王局的儿子，只看过照片，当我摘下这个年轻人的口罩时，却觉得这个年轻人并不是王局的儿子，于是掏出手机，调出王伟康的照片仔细比对。

嫌犯道：“你没看错，行李箱里的这个年轻人并不是王伟康。真正的王伟康，此刻已经在手术台上，被挖走了心脏。”

就在这时，我的手机刺耳地响了起来，我接起电话，那头响起了派出所所长慌乱的声音：“出事了，陈队！我们中计了！”

我大声问道：“到底怎么回事儿？”

所长说：“那个拖行李箱的女人，就是个幌子，就是为了把你们从医院引开。当时穿着外科手术服进入洗手间的，并不是王伟康，而是本来应该动心脏手术的年轻患者。他的身形外貌和王伟康很相似，所以穿上外科手术服，戴了头套和面罩，从监控中根本分辨不出来……”

我急切道：“这些我已经知道了，说重点！”

所长道：“手术室被凶手控制了。他打扮成一名男护士，用手枪控制了手术室里的医生和护士，而后命令患者穿上王伟康的外科手术服，假扮成王伟康进入洗手间，而真正的王伟康被装扮成患者躺在手术台上。凶手又命令主任医生和护士向我们谎称王伟康离开了手术室。”

我吼道：“你们当时进手术室就没看出来手术台上躺着的不是患者而是王伟康？”

所长哆嗦道：“当时，手术台上血肉模糊，我们又没见过王伟康，哪儿辨认得清啊？谁能想到当时手术室被凶手控制了？”

我深吸了一口气，强迫自己镇定下来：“那凶手呢？”

所长道：“他强迫主任医生挖出了王伟康的心脏后，饮弹自尽了！”

电话挂断，我感觉自己的双耳在嗡鸣。

嫌犯笑得更加开心了：“人总会在同一个地方摔两次跟头。”

我问：“你什么意思？”

嫌犯道：“前年，你们抓到那个患有旷野恐惧症的疯子的时候，也输入过一次密码，结果，定时炸弹就启动了。”

我开始冒汗："你怎么知道的？这种细节我们从未公开过，你是怎么知道这些的，你到底是谁？"

这时，徐丽萍检查了密码箱的密码锁对我道："陈队，密码锁内置了一个无线发射器，也就是说，这个密码锁，是对外发射指令信号的！"

我怒不可遏，冲过去一把将嫌犯摁倒在地上，将他的左脸死死地贴在地面上，而后用手枪用力顶住他的右脸："说！炸弹装在哪儿了？！"

可嫌犯只是发出嘲讽的笑声，什么也不回答。

就在这时，我的手机响了起来，是王局打来的，我接了起来，电话那头响起了王局急切的声音："小陈，你现在在哪儿？我刚接到通知，伟康出事了？"

我保持沉默，不知道该如何回答。

王局道："我现在正在从省厅去医院的车上，你也立马过来一趟！"

这时，嫌犯大声高喊道："还剩 10 秒！"

我冲嫌犯大喊："闭嘴！"

王局问："小陈，你让谁闭嘴？"

我道："王局，我没说您……等一下……"我突然想到了什么，立刻大喊道，"王局，下车！快下车！"

随后，便是一声巨响，我的手机像是突然爆炸了一般。

我拼命喊着："王局！王局！王局！"

电话已经中断了。

与此同时，嫌犯也开始浑身抽搐起来，迅速死去。徐丽萍掰开他的嘴，闻了闻，而后道："苦杏仁味，氰化钾中毒，看来嫌犯咬破了藏在嘴里的毒药。"

我站在原地，一阵耳鸣，感觉自己什么也听不到了，就好像爆炸发生在我身旁一样。

很快，新闻便铺天盖地地报道着王国伟局长和他儿子的死。

大量的爆炸视频在网上流传，只见王局的座驾行驶到距离医院不足五千米处的某个路段时，突然发生爆炸。

车上包括王局在内的四名警察全部死亡。

悲恸的情绪彻底将我内心的火焰点燃，回到市局后，我直接冲进拘留室，二话不说将何木成暴打了一顿。

过去，我曾无数次劝诫黄朗："要注意自己的情绪，不能暴力审讯！"

可是这次，我破戒了。

令我感到恨意难平的是，何木成一直在笑，我打得越狠，他笑得越厉害。

最后，他蜷缩在地上，笑着说："你不想知道黄朗在哪儿吗？"

我把他从地上揪了起来，一把顶在墙上道："说！黄朗和那个女孩在哪儿？！"

何木成道："别着急嘛！你现在更应该问我那个女神探在哪儿。"

我道："她现在去处理别的案子了！"

徐丽萍和我分开，她去处理王局座驾爆炸案了。

何木成嘲笑道："要不给她打个电话，问问她到现场没有？"

我立即掏出手机，给徐丽萍打去电话，电话那头却响起了一个变声器处理过的尖锐的声音："哈哈哈哈，陈警官，女神探在我手里，来救她啊！"

电话挂断了。

这不能说明什么，也许凶手偷走了她的手机，或者复制了她的手机卡。

于是我又给专案组打去电话，他们告诉我，徐丽萍并没有抵达现场，他们也在寻找她。

我无法抑制自己的怒火，掏出手枪，将枪口顶在何木成的脑袋上："说！她在哪儿？！"

何木成笑着道："黑暗之灾，这就是最后一灾，我说过，会给你一个惊喜的！"

我道："黑暗之灾和徐丽萍有什么关系？！"

何木成笑得更厉害了："你不知道吗？徐丽萍从小就患有幽闭恐惧症。"

我道："你放屁！她要是有幽闭恐惧症，根本当不了警察！"

何木成道："她在强行伪装，为了当上警察，她伪装自己对幽闭黑暗的空间毫无恐惧！但我很清楚，这种伪装，在真实幽闭空间面前，会变得不堪一击！"

我突然回想起徐丽萍每晚都睡在大会议室，开着灯，窗帘完全敞开……原来是因为她有幽闭恐惧症吗？

我道："你背后是有组织的对吗？如果我没猜错，那个组织，就是量子会！"

何木成得意道："没错！量子会！这是只有人类中的精英才能够加入的组织。"

我冷笑道："还精英组织，我看你们就是恐怖组织！"

何木成道："量子会的任务，就是彻底改变这个世界，而改变世界的第一步，就是用四灾来重拾人们的信仰！"

我道："别把自己说得那么伟大！你心里最清楚，你只是在报私仇而已！你杀害王局和他的儿子，无非就是王局曾经指挥的禁毒行动导致你儿子的死；你抓走徐丽萍，对她执行所谓的黑暗之灾，也无非是因为徐丽萍识破了你的诡计，亲手将何晓瓶的母亲罗源雯送上了死刑台！”

何木成仿佛是在面对一个无知的凡人般发出了轻蔑的笑：“随你怎么认为。”

我道：“你说好每隔三天执行一灾，你现在抓走徐丽萍，违反了游戏规则！”

何木成笑了起来：“游戏规则？你已经输了！”

我道：“还有最后一局！告诉我！她在哪儿？！”

何木成深吸了一口气道：“带我去见他。”

我道：“谁？”

何木成直接说出了那个名字：“那个真正和我对决的人——罗谦辰！”

随后，我打电话给酒店的专案组临时会议室，让他们将罗谦辰带到了市局。何木成要求和罗谦辰单独对谈，我们安排了一间审讯室给他们，我和其他人全部退到隔壁，隔着单面玻璃，看着审讯室里的情况。

审讯室里，罗谦辰和何木成隔着审讯桌，相对而坐。前者看上去神态自若，依旧保持着掌控全局的气场；后者看上去格外兴奋，如同一头嗅到了血腥味的饿狼。

何木成道：“其实，我关注你很久了。”

罗谦辰微微一笑道：“不是你关注我很久了，而是量子会关注我很久了，不是吗？”

何木成道：“你也在关注量子会，这就是你待在监狱里的目的。”

罗谦辰耸了耸肩：“我待在监狱里，是因为我在梦游中杀掉了自己的妻子。”

何木成笑了，摇了摇头说：“我们换个话题吧。其实一直以来，我都很佩服你，尤其是你识破了我们的计划。”

罗谦辰道：“海上密室，你们的诡计确实很精妙，但并不是完全无法猜到。令我感到好奇的是，你们是什么时候加入量子会的？是在海上大逃杀之前，还是在海上密室案之前？又或是在你们伪装自己死亡、实际失踪的那段时间？”

何木成道：“其实你在心里已经有确切答案了，不是吗？”

罗谦辰只是笑了笑：“是刘日升招募了你，如果我没猜错的话，刘日升在登上海荣渔3560号钓鱿船之前，就已经是量子会的成员了。他作为黑工登上那艘渔船，就是为了发动那起海上大逃杀事件，从而筛选适合进入量子会的成员，而你被选拔上了。”

何木成道：“你说得没错，但有一点，你说得不全面。发动海上大逃杀，主要目的并不是选拔适合量子会的成员；实际上，海上大逃杀是量子会精心安排的一场思想实验。”

罗谦辰道：“把思想实验付诸现实？”

何木成点了点头道：“是的！量子会内部有一批哲学家设想了这样一种情境：把一群人集中孤立在某个远离人世的地方，由其中一人率先发动暴乱，其他人是奋起反抗还是屈服还是加入他？”

罗谦辰道：“这的确是一个考验人性的思想实验。”

何木成道：“哲学家们对此争论不休——按照理想的模型，当有一个人发动暴乱，率先行动时，其他人占尽人数优势，完全可以将他的行为扼杀在最开始；但有一部分哲学家并不认同这个完美模型，因为在他们看来，人类天然的懦弱会导致最先发起暴力的人成为统治者，而明明占据人数优势的群体，却多数因为贪生怕死而不敢抗命，一些为了自保会选择加入统治者，而一些人在这个过程中激发了内心的黑暗，变成了主动施暴者。”

罗谦辰道：“于是，他们决定落实这个思想实验，看看现实中到底会发生怎样的情形？”

何木成道：“没错。海荣渔被他们选中了，成为理想的实验场所。事实证明，人性的完美模型在现实中并不存在，人类天然的软弱和阴暗面，会导致少数派永远掌控多数人的命运。”

罗谦辰道：“你是想告诉我，善良的人类必然会向你们这种恐怖势力低头？”

何木成摇着头道：“我是想告诉你，以及你们……”他说着，看向罗谦辰身后的单面玻璃，虽然他在审讯室里只能看到镜子里的自己，但这句话他明显是对隔壁监视他的我们说的，“所谓善良的人，不过是将内心的阴暗面压抑住了，只需要一个契机，他的恶便会彻底释放！”

罗谦辰道：“所以四灾的目的究竟是什么？重拾人类的信仰？净化人类？抑或是肃清人类？”

何木成道：“其实四灾并没有真正的目的，或许，是我没有猜透。”

罗谦辰道：“你只是在按照量子会的指示行事对吗？如果我没猜错的话，你对我说的这些话，也是量子会故意让你透露的。”

何木成道：“你是属于量子会的，量子会是你最终的归宿，有一天，你会加入量子会。”

罗谦辰问：“为什么这么说呢？”

何木成道：“其实你从一开始，就已经把四灾的每一灾会如何发生给推理出来了，而你为什么要选择逐步向你的警察朋友们揭晓呢？”

罗谦辰道："你高估我了。"

何木成道："不不不，我不仅没有高估你，甚至可能低估你了。"

罗谦辰道："如果我从一开始就推理出了全部的作案手法，为什么不一开始就全部告诉警方呢？"

何木成道："因为你和我是同类，如果游戏一开始就结束了，那会少了很多乐趣，你是在享受游戏的乐趣。"

罗谦辰无可奈何地笑了笑道："我想我突然明白黑暗之灾的真正目的了。"

何木成道："说说看。"

罗谦辰道："你想用徐丽萍最恐惧的东西侵蚀她，彻底激发她内心深处的黑暗面，你们在试图同化她，让她成为你们的一员。"

何木成看向单面玻璃，冲着我们道："你们难道就不想知道，徐丽萍为什么会患有幽闭恐惧症吗？去查一查她的过去，也许会有惊喜。"

第九个案例

人性的考验（合）——空中自杀案

幽闭恐惧症的形成大多来自一个人的童年时期。徐丽萍小时候是在美国长大的，童年时期的某一段经历，在她的内心深处留下了深深的阴影，导致她对幽闭空间产生了极端恐惧性障碍。

顺着这个思路，我开始调查徐丽萍幼年时期在美国的经历。由于涉及境外材料，又是个人隐私，整个调查工作花了我一周时间才完成。

我在徐丽萍完整的美国生活经历中，发现了一个十分特别的事件，而这个事件和20年前发生在美国的一起空难事故有关联。

20年前，美联航的一架波音737型号客机，搭载着101名乘客和6名机组人员，由纽约肯尼迪国际机场起飞，目的地是洛杉矶国际机场。

飞机起飞三个小时后，坠毁在了堪萨斯州托皮卡市郊外的一处山谷当中。

当地政府立即派出消防救援队和医疗队赶往现场，经过长达两天的搜救，他们一共找到了100具乘客遗体和6具机组人员遗体。

唯一被发现生还的乘客，是一个时年15岁的女孩。

当时救援队是在飞机的洗手间内发现她的。

由于洗手间位于机舱尾部，加上其狭窄的构造形成了相对结实的内部空间……总之，女孩奇迹般地在这场空难中存活了下来。

我在网上找到了一个名叫罗森的美国人对这起空难的调查记录：

我是罗森，一名航空事故调查员。

还记得美联航空波音737在堪萨斯州坠毁的那起空难吗？我是那起空难的事故调查员之一。

当时，我受波音公司委托，跟随一支由10人组成的调查队抵达事故现场。

事故是在当月的15日下午3点发生的，有大量目击者称，那架飞机在空中起火，还有一部分目击者用家用摄影机捕捉到了当时的画面并且卖给了电视台。

当时晴空万里，在录像画面中可以清晰地看到，一架飞机在蓝色的天幕中急速下坠，机身上燃烧着火焰，黑色的浓烟化作飞机的尾迹将天空撕裂。

随着一声巨响，飞机在空中解体成了三段。

机头和机身的中段一起坠落在了托皮卡市郊外的山谷里，而机尾的部分则坠向了更远的别处。

当地救援队首先在山谷里找到了机头和机身中段，直到两天后，也就是当月17日的凌晨两点，他们在距离山谷15英里开外的一处密林当中发现了机尾部分。

起初救援队寻找机尾，是为了找到黑匣子。令人大感意外的是，他们在机尾的洗手间内发现了一个小女孩。

“她还活着！她还活着！”

救援人员惊喜地大喊着，将小女孩送往了当地医院。

女孩的头部有多处外伤，浑身上下也有多处软组织挫伤，左臂和右腿骨折，身体严重脱水。

经过医院的全力救治，女孩终于在三天后复苏。

“向女孩询问当时飞机上究竟发生了什么。”这是上级分配给我的任务。

我在她苏醒后的第七天才被医院允许见她。

在此之前，调查组的同事们已经将黑匣子里的内容完整地破解了出来。

从黑匣子里提取的录音文件中，我们得知，飞机起飞后平稳地飞行了三个小时，机舱内一片祥和；直到飞行的第四个小时，机舱内传来了一个女人的尖叫声：“啊！起火了！起火了！”

紧接着，是一连串的尖叫和骚乱声，以及此起彼伏的哭声；还能听到火焰燃烧的声音和一些疑似电子设备的爆炸声，行李物品坠落和剧烈撞击发出的声响；在这些杂乱无章的声响中，同时夹杂着空姐们努力试图让乘客们镇定下来的广播声。

黑匣子的录音分为两部分，一部分录制客舱里的声音，另一部分录制驾驶舱内的声音。

驾驶舱内，机长和副驾驶在紧张地与地面塔台对话，机长表示，飞机客舱起火，火势严重，飞机坚持不了多久。

果然，三分钟后，驾驶舱内传来副驾驶的吼叫声：“机头向下倾角过大！倾角过大！”

机长用很吃力的嗓音道：“我知道！”

副驾驶继续吼叫道：“失速了！失速了！高度严重下降！”

机长道："下面是市区，我们不能坠毁在市区！得往郊区的山谷去！"

副驾驶哭了起来："我们会活下去的，对吗？"

机长道："汤姆，很荣幸和你一起工作。"

随后，黑匣子录音文件内传来一声巨响，飞机在空中解体了。

调查组一直在寻找飞机起火的原因，技术人员首先对飞机残骸中的电路设施进行了排查，但很快便排除了这种可能性。因为电路起火的火焰蔓延速度没有那么快，飞机仅仅几分钟的时间就解体坠毁了。

飞机发动机起火的可能性也可以直接排除，因为从黑匣子中的录音来判断，机长说过是客舱起火，如果是发动机起火，机长会直接向塔台如实汇报。

火是从客舱里起的，那么会不会是客舱地板下的油路管道起火呢？一开始我们所有人都是这么怀疑的，但很快，这种怀疑被排除了。因为如果是油路管道起火，势必会导致飞机在空中发生爆炸；可事实上，飞机的解体并非爆炸导致，而是由于飞机在高空中严重失速，在高速翻滚下坠的过程中，发生了结构性解体——发生在 1991 年的劳达航空 004 号班机事故，就是由于飞机失速导致机身在高空中发生结构性解体。

又会不会是厨房烤箱起火呢？但现场发现的用来加热飞机餐的烤箱并没有内部起火现象。

那么起火原因究竟是什么呢？

这就是上级指派给我的任务，向这名唯一的生还者问清起火原因。

可是从女孩这儿，我却什么都没问出来。

因为女孩只知道当时她离开座位去了洗手间，不一会儿外面就传来了喊叫声，而后飞机就开始剧烈颠簸下坠，她在洗手间里晕厥了过去。

她因此幸运地存活了下来，但是和她一起乘坐这班飞机的她的父亲却没有那么幸运。

很快，尸检结果全部出来了，法医在其中一个名叫杰森的乘客身上发现了点状灼烧痕迹，这种痕迹一般是由某种助燃液体飞溅所留下的。

同时，法医还在杰森的身上提取到了汽油残留物。于是，我们怀疑，杰森就是这起飞机失火案的罪魁祸首。

他引火自焚，带着全飞机的人一起陪他送死。

可是汽油是如何带上飞机的呢？

我们调取了安检口的监控录像，发现了一个严重的安保漏洞。当时，杰森提着行李箱过安检的时候，X 光机检测出行李箱内有五瓶 600 毫升的可乐（当年美国联邦航空管理局并没有限制乘客随身携带的液体量），安检员开箱后，让他自己挑选了一瓶，而后打开喝了一口，便让他过检了。

安检员并没有检查另外四瓶可乐的成分，也许那四个可乐瓶里装的正是杰森自焚用的汽油。

杰森当时还随身携带了打火机——美国联邦航空管理局并不限制乘客携带常规打火机，一般在便利店里能够直接买到的符合安全规范的常见的一次性打火机，以及 Zippo 打火机，都是允许乘客随身携带一个登机的，但是禁止托运；只有非常规没有吸收性衬里的打火机，以及蓝色火焰打火机禁止以任何形式带上飞机——这便是他的作案工具。

我们并没有如此草率地认定凶手必然是他，我们需要更多证据。

由于 X 光机无法检测助燃液体，却能够在屏幕上显示出液体在 X 光扫描后呈现出的颜色，于是，我们用相同的可乐瓶灌了一瓶汽油放在了和杰森的行李箱同款的箱子里。当箱子通过 X 光机时，我们通过对比，发现 X 光机屏幕上显示出的液体颜色和杰森当时过安检时扫描出的液体颜色吻合。

我们在飞机的残骸里找到了疑似杰森的行李箱，并且在行李箱内找到了一把钥匙。

我们带着这把钥匙去了杰森的家，发现这把钥匙果然能够打开他家的大门。

所以这个装有汽油的行李箱就是杰森的，他就是导致这起坠机事故的纵火犯。

那么他的动机究竟是什么呢？

我们查到，他被检查出患上了癌症，还有不到半年的生额，在登机前，他一次性给自己购买了七份航空意外险，保额高达 100 万美元。

他还有一个年仅 13 岁的女儿，在上中学。

一切都明朗了，杰森的自杀行为，就是为了以自己的死来骗取巨额航空意外险赔偿，因为他得了癌症，只有半年可活，他想利用这个机会给自己的女儿留下一大笔钱，但代价是，他带走了100多条无辜的生命。

不过最后，由于调查结果明确指出是杰森蓄意纵火，所以，他的家属无法从保险公司取得半点赔偿。

为什么我会关注到这起当年震惊全世界的坠机事故呢？是因为我查到，就在18年前，也就是坠机事故的两年后，当时年仅15岁的徐丽萍在美国洛杉矶遭遇了一场绑架。

当时，她和一名女性朋友突然被人持枪绑架，而绑架她们的人，正是坠机事故中唯一生存下来的那个女孩罗伊。

和徐丽萍一同被绑架的那名女性朋友，竟然是那个纵火犯杰森的女儿艾莉。

徐丽萍和艾莉被绑架的三天后，警方接到一个匿名电话，被告知了徐丽萍和艾莉关押的地点。

警方推测这通电话就是罗伊打的。

洛杉矶警方赶到现场后，发现徐丽萍和艾莉被关在了一个黑暗的地窖当中。艾莉已经死了，她的额头上有一个弹孔。

警方至今也没能找到罗伊，她就如同人间蒸发了一般，从这个世界上消失了。

罗伊的动机其实很简单，她是在为自己因为空难死去的父亲报仇。

也许是我和徐丽萍相见不多，她并未向我提起过她小时候在美国遭遇绑架的经历。似乎这个世界上，每一个人都有一个不为人知的过去。这段过去，让我真正了解到了徐丽萍幽闭恐惧症的原因。

一个人被囚禁在暗无天日的地窖中，自己的同伴被人用枪杀死在了自己面前，她在黑暗中度过了整整三天，无助、饥饿、悲伤、痛苦、绝望……无数消极黑暗的情绪裹挟着她，也因此，让她对黑暗的幽闭空间产生了极大的厌恶和恐惧。

或许，每当她处在幽闭空间内，都会听到杀死艾莉的那声枪响，会回想起自己在漆黑中度过的那仿佛长达三个世纪的三天。

我将徐丽萍的情况全部告知给了罗谦辰，他听完之后沉默了片刻，意味深长地说了句："徐警官患有幽闭恐惧症的原因，可能没这么简单。"

我道："你是说，还有更深一层的原因？"

罗谦辰道："我想，何木成知道答案。"

我走进审讯室，坐在何木成跟前，向他阐明自己的调查结果，然后说："我认为，徐丽萍的幽闭恐惧症，是因为她被罗伊关在黑暗的地窖中整整三天。"

何木成笑了笑说："当然，但这只是一部分原因。"

我道："果然还有更深一层对吗？"

何木成道："更深一层的原因是徐丽萍对艾莉的愧疚。"

我道："愧疚？她为什么要对艾莉感到愧疚？"

何木成露出了令人发寒的笑容："因为艾莉就是徐丽萍杀死的！"

我一怔："你说什么？"

何木成道："我知道你不敢相信，但事实就是如此。"

我道："如果这是真相，你是如何知道的？"

何木成没有回答我的问题，而是十分突兀地问了一句："现在几点了？"

我道："你不需要知道时间，你只需要老老实实回答我的问题！"

何木成没有理会我，而是继续重复："现在几点了？"

我深吸了一口气，看了看手机上的时间道："现在是凌晨1点35分。"

何木成道："时间差不多了，陈警官，你该出发了。"

我感到一阵疑惑："出发？去哪儿？"

何木成道："你不是想要知道真相吗？现在就出发去一个地方，那个地方有你想要的真相。"

我道："哪儿？"

何木成道："别急，你必须先答应我，只能你自己一个人去。你知道，我们的眼线遍布整座城市，他们都会盯着你，一旦发现你不是一个人，黄朗和徐丽萍就会被……"

我道："我答应你，快告诉我地点！"

何木成做了个向他靠近的手势。我走到他身旁，他对我耳语："现在就出门，上车，将车开出去。"

我道："你倒是给我一个地点啊！"

何木成露出了神秘的笑容："你把车开出去，别停下来，会有人告诉你地点的。记住，只能你一个人！"

我道："你发动四灾的时候，就对我们的行动了如指掌，你们是怎么做到的？"

何木成道："我说过了，我们组织的眼线遍布整座城市。"

我道："你们在警队安插了卧底？"

何木成耸了耸肩："快出发吧，时间不等人。"

我离开了审讯室，这时，几名同事走上前来对我说："陈队，我们和你一起去。"

我摇了摇头说："你们刚才没听到他说什么吗？只能我一个人去。"

其中一名同事道："可是陈队，你一个人去太危险了！"

我道："如果我不一个人去，黄朗和徐丽萍就会有危险！"

我离开办公大楼，来到停车场，上了车，将车开了出去。

我的车和手机都有定位系统，警队可以实时锁定我的位置。

我把车开出去不到一千米，便接到一个匿名电话。

电话里，一个被变声器处理过的声音说道："陈警官，下个路口，右拐。"

我道："你是谁？"

对方道："不要多问，照我说的做。"

随后，我驾车在下一个路口右拐，而后又照着电话里的人的指示，将车一路开到了郊外的山区。

电话里的人让我在这里停车，我便停车了。

我很清楚他让我把车开到这里的目的，因为这里没有天网监控系统。

电话里的人说："下车。"

我下了车，他对我道："往北走两千米，你会看到路边停着一辆黑色别克。"

我往北走了两千米，果然看到一辆黑色别克停在路边。

我道："我看到那辆车了。"

电话里的人说："钥匙在底盘下面，上车前，把你手机扔掉。"

我道："扔掉手机我还怎么和你通话？"

电话里的人说："你不再需要手机了，照我说的做，上车打开导航，直接去设置好的坐标点，不要有别的想法，老实照做，我们正盯着你呢！"

随后，电话挂断了。

我站在车旁，环顾周遭，什么人也没看见，但是我很清楚，在某个黑暗的角落，一定有人正在悄悄地注视着我。

我清楚他们的用意，他们知道我的车和手机都安装了定位系统。

尽管我很明白，一旦在这里扔掉手机，就等同于让自己彻底消失在警队的视线中。

我知道此刻，自己正在面临极大的危险，但我别无选择，因为黄朗、徐丽萍以及那个无辜的女孩都在等着我去营救。

我深吸一口气，扔掉了手机，弯下腰，在别克车底找到了车钥匙，然后上了车，看到在车载导航内已经输入了坐标点，随后朝目的地开去。

40 分钟后，我将车开到了导航上预先设置的坐标点。

这里是一片无名荒地，什么都没有，只有伸手不见五指的漆黑一片。

我下了车，打开警用手电，在黑暗中摸索了没几步，便感觉身后有什么东西在向自己快速逼近。

我还没来得及回头，便感觉自己的后脑勺被钝器猛击了一下，随后便眼前一黑，整个人倒在地上，什么也不知道了。

我缓缓地睁开了眼，幽暗的环境中，五彩斑斓的光模糊了我的视线。

我的后脑勺还在隐隐作痛。

老实说，我并不确定自己是否真的醒来，或许还在梦里。

因为在我眼前，有无数凌乱的画面，犹如蒙太奇一般飞速闪过。

蝴蝶张开了双翼……火山在喷发，炽热的熔岩如同鲜血一般向四周疯狂蔓延……一列轰鸣的火车飞速驶来……无数的人从悬崖跃入黑色的海潮中……一个婴儿在啼哭……一个僧侣正在火焰中焚烧……一艘渔船在大海上沉没……

这些诡异且不明含义的画面在我眼前不断地循环往复着，而我却无法离开这里，因为我的身体被束缚在了一把结实的金属椅子上，而椅子被牢固地锁定在了地面上。

我只能看着放映机放出令人发晕作呕的画面，无论我如何喊叫，都没有人理会我。

就这样不知道过去了多久，我逐渐放弃了挣扎，安静了下来。

在安静中疲惫而煎熬地度过了不知道多久，暗室的门被打开了。一个男人从门外走了进来。

我抬起头，看了看男人的脸，那一刻，我感觉有一股电流击穿了我的身体。

我忍不住喊出了那个名字："罗谦辰！"

罗谦辰来救我了！他找到我了！

只见他微微一笑道："再好好想想，我是谁？"

我看着他的眼睛，这才反应过来，这个人并不是罗谦辰："你是罗谦辰的孪生弟弟——杰克大师？"

男人点了点头道："没错，是我。"

我深吸了一口气道："你跟他们是一伙的？你是量子会的人？"

杰克大师露出了神秘的笑容："我很意外，通常一般人此时此刻最着急问的问题应该是——这是哪儿？你却十分在乎我是不是量子会的人。"

我问："黄朗在哪儿？"

杰克大师道："你果然更加关心黄朗，你都没问徐丽萍在哪儿，还有那个小女孩。"

我有些愠怒："他们在哪儿？！"

面对我的怒吼，杰克大师态度十分平静，他淡淡道："先回答你最关心的那个问题吧，黄朗现在就在隔壁。"

我道："快带我去见他！"

杰克大师道："别着急，我们来玩个囚徒困境游戏如何？"

我道："我可没空陪你玩游戏！"

杰克大师道："现在有四个房间，你、黄朗、徐丽萍还有那个女孩，各被单独关在一间屋子里。你们互相之间都没法交流，也没法看见对方。你们坐的这把椅子，俗称电椅。我这里有一个遥控，上面有四个按钮，从上到下，分别对应黄朗、徐丽萍、女孩，还有你自己。你们全都被告知，按下相对应的按钮，对方的电椅就会被通上高压电，电压是致命的。从现在起，你和他们三个，都有 30 分钟的时间来考虑是否要电死对方。30 分钟一到，没被电死的人，就可以离开这里。"

他说着，将一台拥有四枚按钮的遥控器塞在了我的右手里。

我问："如果 30 分钟到了，没有人按下任何按钮呢？"

杰克大师道："那所有人都可以离开。"他说着，嘲讽地笑了笑，"在这个实验中，没有任何一次是全员离开的。机会就在你手里，怎么选择在于你自己。"

杰克大师说罢，便离开了，并关上了门。

我看着手里的遥控器，陷入了巨大的焦虑和恐慌当中。

我相信黄朗不会选择电死我，我更不会电死黄朗。

可问题是，徐丽萍和那个女孩会如何选择？徐丽萍曾经抚养女孩五年，她自然不会对女孩下手。

那么，她为了救那个女孩，会选择率先向我和黄朗下手吗？

而那个女孩出于对徐丽萍的感情，应该也不会选择对她下手，她很可能会选择电死我和黄朗。

我死不死无所谓，但黄朗必须活下去。

那么，我要不要率先电死徐丽萍和那个女孩呢？

可是，作为一个警察，或者说，作为一个人来说，无论我电死谁，不都是在杀人吗？

我也可以选择电死我自己，可是这么做，并不能避免黄朗可能会被电死的命运。

我该怎么做？还是选择什么都不做，就这样静静地等待半个小时过去？或许下一刻，某个房间内就有人按下了电钮，我就会被电流彻底烧焦。

最终，我选择什么也不做，任由命运来安排这一切。

在随时可能迎接死亡的惊恐和紧张中，不知道度过了多久，时间仿佛变得无比漫长。

不知过了多久，暗室的门被打开了，杰克大师从门外走了进来，对我说："恭喜你，你还活着。"

我松了一口气，立马问道："其他人呢？黄朗还活着吗？"

杰克大师道："我只能告诉你，有人死了，至于是不是黄朗，我不知道。得罪了！"

我道："什么？"

杰克大师："这个。"

只见他掏出一支注射器和一小罐玻璃瓶，而后将针尖由皮塞处扎入玻璃瓶，一次性吸干了里面全部的药液。

我问："这是什么？"

杰克大师没说话，他走到我身后，将针头狠狠地扎进了我脖颈的血管中，而后，我感觉一股冰凉的液体混入了我的血液。

之后，我便一阵眩晕，什么也不知道了。

当我醒来时，发现自己在一间装潢奢华的办公室里，坐在我面前的，是一个陌生的西装革履的中年男人。

他的身后，以及我的身后，各站着两名高大威猛、荷枪实弹的墨镜男。

这个老板模样的男人抽着雪茄，吞云吐雾，笑着对我道："恭喜你，你是唯一活下来的。"

我感觉自己的脑子像是要裂开似的："唯一活下来的……你什么意思？"

中年男人道："另外三位，都被电死了。"

我的心跳骤然加速，浑身冒汗："你说什么？黄朗他们死了？"

中年男人道："没错，黄朗电死了徐丽萍和那个女孩，然后电死了他自己，我猜他这么做，是为了保护你。"

我怒骂道："你放屁！黄朗不会这么做！他不可能杀人！"

中年男人又深吸了一口雪茄，将嘴里的一大口烟雾吐了出来，而后轻描淡写道："不管你信不信，他的确这么做了。"

我摇着头说："不可能，这不可能……这绝不可能！"

中年男人将雪茄放在一旁的烟灰缸上道："行了，不要再为一个死人纠结了。"他说着，将一份文件放在桌面上推到我面前，"签了它。"

我问："这是什么？"

中年男人道："加入量子会的协议，只要签了它，你就可以加入我们。"

我冷笑道："你在做梦！"

中年男人道："当警察有什么好的？加入量子会，你什么都有了，钱、房子、女人。量子会可不是一般人能够加入的，希望你考虑清楚，好好把握住这个机会。"

我道："嗬，你能给我多少钱？"

中年男人没说话，冲着他右手边的那个墨镜男扬了扬手。

只见那个墨镜男将一个硕大的保险箱放在了桌面上，打开后，里面整齐地码放着一沓又一沓的美金。

中年男人道："别紧张，这只是你一天的工资，只要你肯加入我们。"

我伸出手，从箱子里取出一沓美钞，放在鼻子边闻了闻。

中年男人叼着雪茄问："怎么样，香吗？"

我笑了笑说："香？充满了腐烂的恶臭味！"

我说着，一把将钱朝这个中年男人的脸砸了过去，旋即，我便被身后两个墨镜男死死地摁在了桌面上。

中年男人道："把他扔铁轨上去！"

他的话音刚落，我便感觉自己的后脖颈遭受重击，整个人再度昏迷了过去。

当我醒来时，发现自己在一条黑暗的隧道内。

我被人五花大绑，扔在了冰凉刺骨的铁轨上，等待我的，似乎只有死亡。

这时，杰克大师向我走了过来，他在我眼前蹲下，对我道："也不明白你到底是为了什么，加入量子会有什么不好？你要是在协议上签了字，也不至于落得这么个下场。"

我道："我是不会加入你们的。"

杰克大师问："为什么？"

我道："因为我是警察！"

杰克大师笑了笑说："其实，老板还是很舍不得你，决定给你最后一个机会。"

他说着，将一台遥控器塞在了我手里。

杰克大师道："你只要按下遥控器上的这个按钮，前方的铁轨就会变道，火车会从你这条铁轨变道行驶到你旁边的这条铁轨上。"

他说着，指了指我右侧的那条铁轨。

杰克大师道："不过嘛，也是有条件的。"

他说着，拍了拍手，只见四个墨镜男，扛着四个被五花大绑的女孩扔在了右侧的铁轨上。

我愤怒地盯着杰克大师的眼睛大吼道："你在干什么？！这些人是无辜的！"

杰克大师只是淡然一笑，他抬手看了看表："还有五分钟，火车就要来了，只要你按下手中的按钮，你就得救了。是牺牲她们，成全你自己；还是牺牲自己，成全她们？我相信你会做出一个明智的抉择！"

随后，杰克大师在我对他的怒骂声中转身消失在了黑暗中。

时间一分一秒地流逝，我能够感觉到铁轨的震颤，这震动的幅度越发强烈了。

有风在呼啸而来，隧道前方深处，传来了火车的呼啸声。

很快，我看到了光，那白色的光越发强烈了，轰鸣声震彻耳膜。我看到了火车头，这庞然大物已经逼近了。

这一刻，死亡的恐惧在我内心升腾到了顶点，我的心几乎要跳出嗓子眼。这是每一个生命在面对死亡时都会有的生理反应。

无论你有多么不怕死，当死亡真正要降临的时候，你还是会感到害怕！

有那么一刹那，我曾想过要按下按钮，这样我便得救了。

但是我看到右边铁轨上那四个无辜的女孩惊恐和无助的眼神，她们的生死牢牢地掌握在我的手中。

此时此刻，她们仿佛在哭着求饶："求求你，不要按下去，求求你，我们还不想死！"

我深吸了一口气，闭上双眼，无论如何，我都不会按下按钮。

铁轮碾轧铁轨的声音已经来到了我身前，我一动不动，准备迎接死亡的到来。

可是我等待了许久，这轰鸣声却变弱了，最后逐渐停了下来。我睁开眼，确定自己还活着，那列火车停在了距离我不到半米远的地方。

我又被带走了，带进了一间密闭的屋子里。

他们到底想干吗？我的脑子里充满了疑惑。

这时，一阵脚步声从我身后走了过来，有个人来到了我面前，当我抬起眼看到他的时候，整个人都陷入了震惊当中："王……王局！"

王国伟局长冲我笑了笑说："没错，是我。"

我不敢相信自己的眼睛，觉得这一定是在做梦："王局，你不是已经……"

王国伟局长道："死于那场爆炸？我当时根本就不在那辆车上。这得感谢罗谦辰，他预料到了我会遭遇致命危险，若不是他通知我，现在站在你面前的就只能是鬼魂了。"

我的脑子一团糨糊："你说罗谦辰……他通知你……那么刚才那个？"

这时，罗谦辰走了进来，笑着说："看来你真的把我当成杰克大师了，陈警官。”

我看着眼前这个不知道是罗谦辰还是杰克大师的男人，脑子更乱了：“这到底、这到底是怎么一回事儿？”

罗谦辰道：“很显然，刚才发生的一系列事情，都是对你的测试。”

我道：“测试？”

王国伟局长道：“是的，小陈，测试就是为了考验你的意志力，看你是否能够加入我制订的这个秘密计划。总之，恭喜你，通过了考验。”

我还是没听明白：“测试？这一切都是假的吗？连四灾也是测试，何木成也是你们安排来测试我的？”

王国伟局长笑了笑道：“四灾怎么可能是测试？四灾是真的，何木成也的确是量子会的人……”

我道：“那……不是何木成引我来这儿的吗，为什么又变成了对我的测试？”

王国伟局长道：“罗谦辰一直都是我安插在监狱里的线人，他除了和你对接各类精神异常的案件，还与我保持着秘密联络。”

我看了眼罗谦辰：“线人？这信息量实在太大了。”

王国伟局长道：“你可以慢慢消化，一直没有告诉你，是因为我无法确定你是否适合这个秘密计划。”

我问：“到底是什么秘密计划？”

王国伟局长道：“以后你会慢慢知道的。”

我问：“你们是怎么找到我的？”

王国伟局长道：“其实在我的座驾发生爆炸之后，我就和罗谦辰进行了秘密对接。”

罗谦辰道：“我当时进行了一番推测，四灾发生的过程中，警方的每一步似乎都在凶手的计算当中，他们似乎监控了整座城市。”

我道：“所以……”

王国伟局长道：“这还不明显吗，小陈？天网系统被人为入侵了，凶手掌握了我们这座城市所有天眼摄像头的监控权限。”

我恍然大悟：“难怪何木成说他们的眼线遍布全城，我还在疑惑他们怎么会有这么多眼线，原来他是指天网系统！”

王国伟局长点了点头道：“所以从那一刻，我们就对负责天网系统的所有人员进行了秘密调查，果然发现了量子会的卧底。在我们的高压审讯下，他招供了全部计划。就在你调查徐丽萍的过去的那一周时间，我们已经提前找到了量子会关押黄朗的地方。”

我道：“这么说，黄朗得救了？”

王国伟道：“是的，他现在正在医院接受治疗。”

我道：“他没事儿吧？”

王国伟道：“应该问题不大。”

我又问：“那徐丽萍和那个女孩呢？”

罗谦辰道：“徐警官死了，女孩被特警队的谢国豪队长救了出来。”

我不愿意接受这个事实：“徐丽萍……死了？”

罗谦辰道：“你可以亲自去审问凶手。”

我道：“你们抓住凶手了？！”

罗谦辰道：“你还记得我向你推理过，我说四灾的执行人有两个。何木成是其中一个，另一个竟然是一个美国女人。”

我道：“美国女人？”

罗谦辰道：“尽管她不愿意承认自己的身份，但我可以肯定的是，她就是 18 年前绑架过徐丽萍和艾莉的那个女人。”

“罗伊！”我念出了那个名字，“可是为什么我什么都不知道？你们已经救出了黄朗，为什么不告诉我？”

王国伟局长道：“这是我的意思。目的是这场测试。何木成并不知道他的计划已经被我们瓦解了，所以他还在按照原计划行事，这样正合我意，看起来就很逼真了。如果让你产生丝毫怀疑，看出破绽，那么这场测试也就毫无意义了。”

王局没死……罗谦辰是我们的线人……徐丽萍牺牲了……测试……秘密计划……一下子接收了太多的信息，我感觉有些头痛。

王国伟局长道：“好了，我们离开这里吧。”

罗谦辰被送回了监狱，继续他和王局的秘密计划，而此时此刻，我也成了这计划中的一员，尽管我根本不知道这计划的内容。

王局回局里复职了，我则第一时间前往医院探望黄朗，只可惜他还处在昏迷中，无法见我。

医生说，他大概过几天才会醒来，他只是太虚弱了，但生命体征还算稳定，没有大碍。

何木成得知自己的计划失败，只是狂笑了起来：“你们离胜利还有很远的距离！”

除此之外，他什么也不肯说，无论我们如何审问他，他都保持绝对缄默。

在对罗伊的审讯中，她同样对有关量子会的事情绝口不提，但是，当我提起徐丽萍的时候，她却笑了起来，操持着一口裹挟着浓重美国腔调的中文对我说：“你说徐？那是她自己选的。”

我道：“你是说，她选择了自杀？”

罗伊道：“当时，我扔给她一把刀，对她说只有一个人能活着出去，只要她杀掉那个女孩，我就放她走。可没想到，她选择了自杀。”

我道：“她这样选择我不感到意外。”

罗伊道：“不不不，18 年前，她可不是这么选的。”

我道：“18 年前？你是说，你绑架她和艾莉的那次？”

罗伊点了点头道：“那天我本来只打算绑架艾莉，替自己的父亲复仇。可当时徐刚好也在。我得知徐是艾莉唯一的朋友，于是决定折磨一下艾莉。我把她们关在地窖里，大家都是中学生，我就采用了中学生的办法。我给了她们一人一张数学试卷，谁的分数高，谁就活下来。”

我道：“结果……”

罗伊道：“徐不愧是华裔，数学成绩非常好，我看得出她很想赢，她考了满分。所以……我开枪打死了艾莉。在关了徐三天后，我打电话通知了警方关押她的地点，按照承诺放了她。”

我道：“那之后你就人间蒸发了，量子会招募了你？”

罗伊道：“我会隐身术！”

我拍了拍桌子：“我没工夫和你开玩笑。你这次是冲着徐丽萍来的，对吗？”

罗伊点了点头道：“组织需要她这种人，高智商，经历过黑暗，我原以为她的内心早已经变得黑暗不堪，只需要我轻轻推她一把，给她一个彻底加入我们的理由……可是没想到，她做了一个并不明智的选择。”

我道：“她只是选择了光明！”

之后，罗伊便什么也不肯说了，等待她和何木成的，将会是死刑的裁决。

那四个制造虐杀血案的年轻人还没有抓到，他们加入了量子会。我们和量子会的斗争将会一直持续下去，直到彻底捣毁这个组织。

黄朗苏醒后，整个人变得有些沉默寡言。他向我请了假，说想出去走走，我批准了一个月的假。

在黄朗出门远行的那段时间里，谢国豪和陈小芸结婚了。婚礼那天，谢国豪喝多了，对我说："老陈啊，老黄这怎么婚礼也不来呀？"

我说："他现在人应该在西藏或者其他地方吧？他说要出去走走，我批了他一个月的假。"

谢国豪搭着我肩膀道："老陈，你去跟老黄说，以后低头不见抬头见，一个单位里，没必要弄得这么尴尬。况且当初陈小芸向他表过白，他给拒绝了。"

那一刻我才知道，原来陈小芸是真的喜欢黄朗，但我并不知道，陈小芸竟然向老黄表过白。

可老黄为什么拒绝呢？我不太明白。也许，他还忘不了龙敏？

但没想到，一个月后，黄朗远行归来，竟然对我说，他也要结婚了。

我当时便是一惊："你……你这……你这什么时候谈的呀？怎么这就结婚了？"

黄朗哈哈一笑说："哎呀，你看我这也老大不小了，家里给介绍了一个。我俩去了趟西藏，处着挺合适的，就把证给领了。"

我道："你这……也太迅猛了一点吧，闪婚啊你！"

黄朗道："哎呀，老陈，这不是我的一贯风格吗？我破案雷厉风行，对待感情也是一样，磨磨叽叽不是我的风格！老陈，你啥时候谈一个啊？你看你这老光棍了……"

我道："去去去，结个婚，看把你能的。"

黄朗道："对了，老陈，我这不结婚了吗？女方那边觉得警察这行当太危险，所以……”

我道：“所以什么？所以你要背叛组织了，老黄？”

黄朗道：“我也有点累了，今年手头上的案子办完，我就不干了。去开个餐馆，到时候你来，免费，有酒有菜伺候着！”

我深吸了一口气道：“行，你的人生决定呢，我也不拦着。你自己考虑清楚吧，你幸福就好。”

我道：“欸，对了，说了半天了，这弟妹长什么样啊？叫啥名啊？有照片看看吗？”

黄朗调侃道：“啧，老陈，你这还颇有点‘直男三连’的意思啊？”

我道：“去你的，老黄，哪儿学的一套网络词汇？你就说让不让看！”

“那哪儿能不让看啊？给给给！”他说着，掏出手机，调出了照片，“这是我给她拍的，身后就是布达拉宫，怎么着，漂亮吧？”

看到照片，我算是明白为什么他这么快就结婚了。

因为这姑娘，长得像龙敏。

之后我和黄朗去公墓探望了龙敏，给她送上了一束花。黄朗在墓前站了很久，什么话也不说。

他让我先走，而他一个人依旧在墓碑前伫立着。

很快，黄朗举办婚礼，队里人都去了，新娘子很漂亮。

那段时间，除了这两场婚礼，我还参加了两场丧礼。

一场是王局的儿子王伟康的，丧礼上，王局没有哭，他把拳头攥得很紧，仿佛要把什么坚固的东西捏碎。

另一场，是徐丽萍的丧礼。

在她的丧礼上，我得知，原来，前年徐丽萍去美国交流学习，利用工作便利，对美联航空的那起空中自焚案进行了个人性质的再调查。

在调查中，她发现了疑点。

当年空难调查人员是通过杰森身上的点状灼烧痕迹，及其尸体上大量的汽油残留判断出，杰森就是起火点，继而判断出他自焚。

可是万一是有人把汽油泼在他身上，然后点火的呢？

徐丽萍做了一个实验，就是当时调查人员利用X光机扫描汽油颜色，发现和杰森的行李过X光机时可乐瓶中的颜色一致的那个实验。

在反复实验中，徐丽萍发现，很多饮料和其他非助燃性液体在X光机扫描下都能显示出和汽油相似甚至一致的颜色。

她仔细调查了当时在飞机残骸中发现的行李物品记录，其中有一个人的行李中，有钥匙状的打火石。

这个行李属于一名中国人，在对他进行背景调查后，徐丽萍发现这个中国人是第一次到美国，而后就买了那班纽约飞往洛杉矶的美联航空机票。

他当时就坐在杰森旁边。

他在国内欠下了巨额赌债，并且有过自杀记录。他为什么要携带打火石这种并不常见的点火工具呢？那是因为他第一次到美国，并不知道美国的航班可以随身携带打火机进机舱，所以他特意购买了打火石。

也许当时的情况是他要自杀，于是将汽油泼在了杰森身上，而后点火。

至于杰森为什么会给自己购买七份航空意外险……我从徐丽萍的笔记中得知，19年前艾莉告诉过徐丽萍，她父亲有恐飞症。

徐丽萍将自己发现的疑点和推理反馈给了美国警方，可是并未得到重视，这一切都不了了之了。

徐丽萍在自己的刑侦笔记中写道："艾莉，我对不起你，没能还你父亲一个清白。”

其实徐丽萍一直都站在光明这边，她对黑暗的恐惧，源于她对黑暗的本能厌恶，她喜欢活在光明之中。

她选择回到中国当警察，就是为了击碎这个世界一切的黑暗面。

“与魔鬼博弈，战胜它，黑暗必然消散；与天使结伴，拥抱她，光明必将降临。”

徐丽萍在她刑侦笔记的结尾如此写道。

第十个案例

爱丽丝疑案

初秋，由于上个季度猪流感暴发，市里销毁了养殖场内的猪，直到本季度才对猪肉市场实施解禁。

为了消除大众对猪肉质量的担忧，监管局派出质检队，对市里上百家餐厅进行了突击检查。

那天下午，刑侦支队的电话响了起来。

之后，质检队带着猪肉样本来到了市局，负责人向我们出具了详细的检测报告，对我们说："市里有五家餐厅，猪肉有问题。"

我问："什么问题？"

负责人说："我们在这批抽样检查的猪肉样本中，提取到了人类的 DNA！"

我倒吸了一口气，立即安排物证及痕迹检验中心对这批猪肉样本进行了刑侦学复检，结论和质检队得出的一致，这批猪肉里包含着人肉成分。

检测报告上写着：除猪肉 DNA 外，检查出两名人类的 DNA。经染色体测试比对，两组人类 DNA 均属女性。

我和黄朗立即带队出发，带走了这五家餐厅的全部人员。在对他们逐一进行了隔离审讯之后，我们发现，这五家餐厅的问题猪肉全都来自同一个供货源。

审讯室里，其中一家餐厅的老板是这样交代的："前阵子不是猪流感吗？这猪肉价格噌的一下子就涨上去了。咱们开餐馆的，本来利润空间就不大……"

黄朗敲了敲桌子："说重点，别东拉西扯的。"

老板道："就是因为利润空间不大，所以我就想着找点价格低廉的供货源。也真是想什么来什么，很快就有一个叫袁启发的农民主动找上门来，问我们要不要猪肉。我问他什么价，结果他开出的价格比市面上的行情价要低很多。"

我道："所以你就收了那批猪肉？"

老板点了点头道："是啊，可谁能想到那猪肉有问题？要是知道情况是这样，就是借给我一百个胆子，也不敢做这笔买卖呀！"

其他几个老板的供述也基本一致，矛头直指那个叫袁启发的农民。

可是，当我们根据老板们提供的联系方式，试图联系袁启发时，却发现怎么也找不到他。

我们去了他的家里，以及他经常混迹的地方，也都没见到他的踪影，他的朋友和亲人也都找不到他。

这个人就好像人间蒸发了一样。

黄朗道："这姓袁的八成是畏罪潜逃了！"

我们寻找袁启发近两个月，从初秋找到了深秋，一直没能找到这个人，最后没办法，我只好前往监狱，寻求罗谦辰的帮助。

会面室里，罗谦辰看完案卷材料之后说："你们找了他近两个月……为什么不早一点来见我？"

我耸了耸肩："我一开始觉得这种简单的事情，应该很快就能解决。"

罗谦辰用他那仿佛能够洞悉一切的眼神凝视着我道："看来黄警官结婚这件事儿对你影响很大，你想多些时间和他并肩作战？而且，据说黄警官在警队的时间不多了。"

我深吸了一口气道："你就别急着给我做心理分析了，快说说这个案子吧。"

罗谦辰将案卷材料合上，身子向后靠了靠说："很显然，袁启发并不是凶手。"

我道："可现在所有的证据都指向他，他消失了，畏罪潜逃了。"

罗谦辰道："袁启发应该已经死了，他被真正的凶手杀掉了，尸体很可能被大卸八块，扔在了某个不为人知的角落里。"

果然，几天后，我们接到报案。一个渔民在打鱼的时候，从河里捞上来一个包裹，打开包裹后，发现里面是尸体。

一开始渔民以为是动物的尸体，直到他看到了包裹里的人头，吓得立马打电话报了警。

我们怀疑碎尸是袁启发，于是叫来了他的家人，进行了 DNA 比对，确定了袁启发的身份。的确如同罗谦辰推测的那样，袁启发被人碎尸了。

作案手段如此残忍，真凶到底是谁呢？

我们调查走访了袁启发的全部社会关系，可是并没能找到具备作案嫌疑的人员。

无奈之下，我只好再一次来到监狱，询问罗谦辰的意见。

我道："果然和你几天前说的一样，我们发现了袁启发尸体，他被人碎尸了，尸体被打包扔进了河里。"

罗谦辰没有说话。

我接着道："可是，杀害袁启发的凶手到底是谁？我们到现在都没有任何线索。"

罗谦辰沉默良久，终于开口道："带他来见我。"

我问："谁？"

罗谦辰道："方洋，那个记者。"

我问："你见他是为了？"

罗谦辰道："还记得我们的秘密计划吗？他是计划的一部分！只有见到他，才能破这个案子。"

我苦笑道："可我到现在也不知道王局和你对我说的那个秘密计划，究竟是什么。"

罗谦辰露出了儒雅的笑容道："你以后会慢慢知道的，现在，你只需要照我说的去做就是了。辛苦你了，陈警官。"

回到市局后，已经是下午了，我把罗谦辰的要求说给了黄朗听，黄朗的第一反应是："这厨子想什么呢？让一个记者来协助破案？还嫌新闻不够大？"

我道："老黄，你应该消除对罗谦辰的偏见，三年来，他帮了我们不少忙。"

黄朗道："哎呀，老陈，我不是对那厨子有偏见。只是现在外面的媒体都盯着咱们呢，咱们的破案压力已经够大了，这回倒好，你直接把媒体请进家门里来，他回去写篇长篇报道说咱迟迟破不了案，说咱进监狱找疯子破案，你说公众会怎么看待这个问题？"

我道："没看出来啊老黄，你这结了婚是不一样啊，比以前有觉悟多了！"

黄朗道："啧，这话说的，我以前觉悟也不低啊。"

我拍了拍黄朗的肩膀道："老黄，你明年就要离开警队了。这应该是咱俩最后一次并肩作战了……"

黄朗道："我去，老陈，你你你，你可打住啊，搞得像生离死别一样，我都配合你，都配合你还不行吗？"

随后，我向王局申请，得到了批准。

当我问起秘密计划和方洋的关系时，王局只是回了我一句："照着办就是了，别多问。"

准备好必要的保密协议，天色已经有些晚了，深秋的夜雨冰冷地从漆黑的天空中坠落了下来。

我和黄朗从市局出发了。

黄朗驾车，我坐在副驾驶座上，窗外的雨流格外密集，雨刷器不断地清理着风挡玻璃上的雨水，恍惚看着窗外的街景，车流和打着伞的人群如此焦躁不安，我总感觉有什么大事即将发生。

20 分钟后，我们将车开进了方洋所在小区的地下车库，然后上楼敲响了他的家门。

我们敲了好一会儿，终于听到门内传来脚步声，而后，门开了，一个睡眼惺忪的年轻男人出现在了我们眼前。他长得格外清秀，戴着眼镜，略带着淡淡的酒意，显然是喝完酒睡下的，被我们的敲门声吵醒了。

我们向他出示了警官证，并确认了他的身份，我问道："能进去聊吗？"

他把我们请进了屋。

我道："不好意思吵到你了，你应该是喝了酒睡下了吧？"

方洋淡淡道："没事儿，喝了点威士忌而已。"

我们坐在沙发上，他给我们倒上了茶水，坐在我们面前。

我问："方记者，是这样的，最近市里发生的一个案子你听说了吧？"

只见方洋愣了一下，显然他报道的案件太多，一时之间不知道我们说的是哪一起案子："什么案子？"

我道："就是两个月前你报道过的那个案子。"

我将一份报纸递给他，上面有一篇他报道的那起碎尸案的文章。

方洋大概以为我们怀疑他是凶手，赶忙道："那个案子我只是简单地写了篇新闻稿……"

黄朗喝了口茶道："方记者，不要紧张，我们这次来，就是针对这个案子，想请你帮忙。"

这不太像他以前的说话风格，看来结婚之后，老黄变得沉稳了一些。

方洋问："帮什么忙？"

我打开手头的档案袋，将保密协议递给他："签了它，然后跟我们走一趟。"

方洋开始阅读保密协议。

黄朗催促道："哎呀，方大记者，你就别看了，好几十页呢，你看到明天早上去啊？签了吧，我们是警察，还能坑你不成？"

我深吸了一口气。果然，这才是黄朗。

方洋稍微犹豫了一会儿，最终在保密协议上签了字，而后就披上一件浅色的风衣，和我们一起上了车。

这次换我来开车，因为去监狱的路，我再熟悉不过。

黄朗坐在副驾，方洋坐在后座。

雨越下越大了，从中雨变成了暴雨。

我们在雨夜中行进着，不久便离开了市区。

这时，方洋忍不住问我们道：“请问，这是去哪儿啊？”

黄朗回应道：“到了你就知道了。”

方洋不再说话，而是靠着车窗，凝视着窗外的雨夜。

我一边开车，一边忍不住通过车内后视镜观察着坐在后座上的这个年轻男子。他看上去有些弱不禁风，又好像对一切事物充满了好奇。

我试图从他身上寻找一个理由，究竟是什么，让罗谦辰对他如此“情有独钟”呢？

半个小时后，我们抵达了监狱。

我和黄朗把方洋领进了一间提审室，而后，我们便去通知罗谦辰。

五分钟后，罗谦辰独自一人走进了提审室，我和黄朗则在隔壁房间，透过单面玻璃观察着提审室里的情形。

罗谦辰站在门口，白色的灯光下，他与坐在审讯桌前的方洋四目相对。两个人就这样安静地对视了足足半分钟。

罗谦辰率先开口道：“好些日子没见，过得还好吗？”

方洋耸了耸肩道：“挺好的，听说你减刑了？”

罗谦辰在方洋面前的椅子上坐下，而后点了点头道：“从死缓，减刑到了无期徒刑，其实，都一样。对于我，何必跟这些虚幻的东西过意不去呢？”

方洋道：“我不明白，为什么会有两名公安干警，大晚上的去敲我家的门，然后把我带到了这里，并且见到了你？”

罗谦辰微微一笑道：“是我让他们找你来的。”

方洋问：“为什么？”

罗谦辰道：“好久不见，很是想念你啊。”

我看出方洋似乎一阵脸红，没有说话，或许是不知道该说些什么好。

罗谦辰清了清嗓子："跟你开个玩笑，"然后一本正经道，"和你两个月前报道过的那起案子有关。"

方洋道："质检部门对市里上百家餐厅进行了突击检查，却意外地发现，其中有五家餐厅的猪肉存在问题。根据DNA检测，那些肉，并不完全是猪肉。质监部门在肉里检测出了人类的DNA。"

罗谦辰道："警方立即带走了这五家餐厅的全部人员，进行隔离审讯，最终发现，这五家餐厅的猪肉，全部来自同一个供货源。"

方洋道："就在那批猪肉被质检部门查出问题的一个月前，有一个叫袁启发的农民到他们店里问他们是否需要猪肉。那五家餐厅的老板见这个农民开出的价格比市面上要便宜，就答应让他供货。可是，警方却怎么也找不到袁启发。这个供货的人，就这么人间蒸发掉了。"

罗谦辰道："两个月过去了，案件迟迟未破，社会上人心惶惶，警队的压力很大。我觉得他们也是病急乱投医，竟然找到了我。"

方洋道："警方想请你协助他们侦破这起案件？"

罗谦辰点了点头道："他们觉得这起案件的凶手，和我当年的作案手法如出一辙，所以，他们觉得我也许能够帮助他们找到破案的方向。"

方洋道："可你为什么要让他们来找我？我对你们这种精神变态的想法可不了解。"

只见罗谦辰暧昧一笑道："不，你很了解。你已经采访过那么多精神异常人士了，我觉得，你会给这起案件的侦破提供不小的帮助。"

方洋冷冷一笑道："可我就不明白了，警方为什么这么听你的话，你说让他们找谁来，他们就立马去给你找来了？"

罗谦辰道："一个星期前，警方找到我，把全部的案卷材料都给我看了。我立马就对他们说，袁启发根本就不是那个凶手。因为这个凶手既然会在杀完人之后，采用非常巧妙的方式把尸体处理掉，说明这个人心思比较缜密，所以他绝对不可能亲自出面供货。我认为，那个叫袁启发的农民应该是为了贪图蝇头小利，所以被真凶利用了。至于袁启发的失踪，我猜多半是被凶手分尸了。果然，就在几天前，有渔民从河里打捞上一包碎尸，经过DNA鉴定，确认死者是袁启发。我的分析如此正确，所以警方认为我就是那根救命稻草，所以当然是我说什么，他们就照办咯。”

显然，罗谦辰没打算对方洋说实话，他想要给方洋一种错觉，一种这是他第一次协助警方破案的错觉。

那天晚上，他们就像多年没见的老友一样，聊到很晚。

最后，罗谦辰对我说：“陈警官，有些话，我想私下对方记者说，不能有任何人听见。”

我道：“这也是秘密计划的一部分？”

罗谦辰点了点头。

我只好配合，在和监狱方面协商之后，允许方洋进入罗谦辰的囚室，让二人进行一夜的深入交流。

那晚他们在囚室里聊了些什么，我无从得知，只知道第二天，罗谦辰十分配合地跟我们去了支队，方洋也跟随我们一起。

在罗谦辰的要求下，我们带他去了法医鉴定中心。

他特别要求：“方记者也必须跟着我一起进去。”

按道理来说，记者是不能跟着的，但毕竟是罗谦辰的要求，又事关秘密计划，我只好同意了。

在法医学解剖室里，陈小芸拉开冷柜，将袁启发的碎尸呈现在我们面前。

尽管经过冷冻，但还是有一股死老鼠味道般的尸臭扑鼻而来。

我原以为方洋看到这样的场景，会发生呕吐之类的不良反应，但他看上去却淡定自若，看来他平常在做记者调查的时候，没少接触这样的场景。

陈小芸道："正如你们所见，这就是袁启发的碎尸块。"

罗谦辰看了看方洋道："我亲爱的方记者，你对这些尸块有什么看法？"

方洋思考片刻，然后说："凶手可能是一个医生，拥有丰富的外科手术经验，并且有着极高的心理素质，才能够有条不紊、逻辑缜密地干出这种高等的碎尸案。"

罗谦辰微微一笑道："很好，一开始我也是这么认为的。不过，你看这里……"他说着，戴上外科手套，从尸块中挑出了五块形状独特的尸块，而后问方洋道，"这第一块是什么形状？"

方洋道："三角形。"

罗谦辰问："那这第二块呢？"

方洋道："爱心状。"

罗谦辰问："这第三块呢？"

方洋道："像是某种……某种动物，像是小白兔。"

罗谦辰问："那这第四块呢？"

方洋道："还是像兔子。"

罗谦辰问："第五块呢？"

方洋道："依旧像兔子之类的小动物。"

罗谦辰点了点头道："没错，凶手会精心将尸块雕刻成小兔子的形状，说明凶手的心理年龄非常小，还处在儿童期，心理年龄不超过 13

岁。而且从这些尸块截面的切割纹路来看，凶手应该是一名女性。”

我道：“所以你认为，凶手是一名心理年龄不超过13岁的女性？”

罗谦辰道：“是的。”

黄朗道：“你这不是扯淡吗？13岁小女孩犯下碎尸案？”

方洋立马道：“黄警官，罗先生说的是心理年龄，不是生理年龄13岁。”

黄朗耸了耸肩道：“好吧，就当我听错了吧。”

我道：“可是，我们如何判断一个人的心理年龄不超过13岁呢？”

罗谦辰道：“她喜欢把尸块雕刻成小兔子，她很喜欢兔子，你们去查一查，最近有没有什么人，买了大量的兔子或者兔子玩偶之类的。”

我道：“好的，就按照这个思路去查！”

我和黄朗立即组织警力展开调查，兵分两路，一路调查市里所有卖兔子的场所，一路调查市里所有的玩偶店。

调查结束后，我和黄朗汇总了信息。

黄朗调查的是卖兔子的场所，他说：“市里倒是有很多成批买兔子的，但都是养殖户，或者兔肉店，正常人没有批量买兔子的，和那厨子的分析八竿子打不着一边。”

我这边的情况就更复杂了，市里生意好的几家玩偶店，每天都有很多人买走兔子玩偶。

由于数量过多，店家也都记不住是哪些人买了兔子玩偶。

其中一个店家说，倒是有一个身形很胖的男人一次性买了很多兔子玩偶，店家之所以对他印象深刻，是因为这个男的说起话来腔调和姿态就像个小女孩一样。

我追问这个男人的具体身份，店家只是摇了摇头说：“买玩偶又不用登记身份证，谁知道他是谁啊？”

黄朗听完我说的，叹了口气道："唉，白耽误工夫。"

整整一周过去了，案件没有太大的进展，就在所有人陷入焦灼当中时，郊区某派出所打来电话，说有一个叫洪冠明的男人向他们自首，称自己就是这起碎尸案的凶手。

我们立即前往郊区派出所，将洪冠明转移到了支队的审讯室。

洪冠明是一个身材肥胖且长相油腻的男人，这和罗谦辰关于凶手是一名心理年龄只有不到13岁的女性的推论大相径庭。

黄朗见到洪冠明，忍不住向我吐槽了一句："这厨子也有打脸的时候啊。"

没想到这一句被方洋听到了，他忍不住反驳道："也许这洪冠明根本就不是真凶呢？你们先审了再做判断。"

黄朗对方洋道："啧，我说你……你怎么老喜欢跟我唱反调？"

我立马拉着黄朗往审讯室走："好啦好啦，他不是跟你唱反调，你这种'注孤生'的'直男'不会懂的。"

黄朗道："我'直男'？我'注孤生'？我都结婚了我，你可还没……"

我道："行行行，你结婚了，你厉害！干正事要紧！"

随后，我和黄朗进入审讯室，开始对洪冠明进行审问，其他人则在外面透过监视器注视着审讯室内的情况。

我们隔着审讯桌坐在洪冠明面前，洪冠明坐在那把金属椅子上，看上去十分紧张，整个人局促不安。

我将一系列的碎尸照片全都罗列在洪冠明面前，问道："这是我们在那五家餐厅搜集来的样本的照片，我们的技术人员在这些样本里提取出了两个不同女性的DNA。我们现在想向你确认的是，我们的技术人员有没有漏掉一两个？”

洪冠明哆哆嗦嗦道：“没错，就是两个。”

黄朗问：“你想清楚，真的只有两个？”

洪冠明点了点头。

我问：“你的动机是什么？你费尽心思，将两名女性杀人碎尸，并且委托一位袁姓中间人，把这些碎尸混入猪肉当中，卖给餐厅。你这么做是为了毁尸灭迹，可是，你又为什么要来自首呢？前面做的这一切，不都白费心思了吗？”

洪冠明道：“我很害怕。”

黄朗冷冷一笑道：“害怕被抓？”

洪冠明道：“我干了这些事情，但是，我不太确定。”

我道：“等一下，等一下，我没听明白，什么叫，你干了这些事情，而你又不太确定？合着，你不知道自己干没干啊？”

洪冠明的眼神看上去很是绝望，他道：“该、该怎么说呢？呃……我主观上，没想那么干。”

黄朗道：“你不会是想说，你当时被人控制了吧？”

洪冠明摇着头，浑身发抖：“我也……我也不知道，我也不知道该怎么去形容。那感觉……那感觉，就像是，就像是在……梦游……”

黄朗道：“你少扯淡！曾经有个厨子也说他梦游杀人呢，最后还是被判了，你有什么证据证明你梦游杀人啊？”

这时，审讯室的门被敲响了，我打开门，一名警司站在门口对我耳语道：“罗谦辰和方洋要求陪同审讯，那个方记者是专门采访梦游症患者的，对这方面很有经验。”

我点了点头，随后罗谦辰、方洋在这名警司的陪同下也进入了审讯室中。

洪冠明更加紧张了："怎么，怎么一下子来了这么多人……这是要……"

我道："别紧张，你接着说。"

洪冠明点了点头，然后道："我一直单身，一个人住，有时候会忍不住有些寂寞。那天，厂里刚好把拖欠了四个月的工资一次性给结了，我手里有俩钱，晚上就憋不住。我们那种公寓楼，很多发小卡片的，我就照着小卡片上面的电话打了过去，叫了俩小姐过来。"

我问："那大概是什么时候？"

洪冠明说："两三个月前吧，当时那俩小姐来了，我们就一起那个了，然后就一块儿睡过去了。可是第二天……第二天早上醒来，我发现自己浑身是血地躺在床上，地板上也都是血。我循着血迹走进卫生间……结果看到……看到……"

我道："你把那两个受害人分尸了。然后，你联系了袁启发，骗他说你有猪肉要出售，答应给他好处，让他当中间人，帮你把这批所谓的猪肉卖给了那几家餐厅。"

洪冠明拼命地摇着头道："我不知道，我不知道。我根本就不确定是不是我干的！因为，我什么都不记得了。但是，我觉得，应该是我干的。我感觉，自己应该是梦游了。"

方洋问："以前有过梦游的症状吗？"

洪冠明摇了摇头道："没有。不过，不知道从什么时候开始，大概是好几个月以前吧，我家里突然陆陆续续多了一些毛绒玩具，我觉得是我弄回来的，可是，我根本不记得了，也不知道为什么要弄这么多毛绒玩具回来。"

我问："都是什么类型的毛绒玩具？"

洪冠明道："兔子，全都是兔子，很多兔子！"

兔子玩偶！看来罗谦辰的推理是正确的。我扭头看了眼罗谦辰，只见罗谦辰突然冲洪冠明大吼道："出来吧。"

我们一脸诧异地看着他。

罗谦辰再度冲着洪冠明大吼道："出来吧！"

洪冠明一脸木讷地看着他："什么？什么出来吧？"

罗谦辰猛一拍桌子，大吼道："出来啊！我知道你在里面！别躲躲藏藏的，出来啊！出来！给我滚出来！"

我和黄朗都以为罗谦辰精神失常了，因为正常情况下他不会这样。

就在这时，洪冠明的身体开始剧烈抖动起来，他开始发出一种小女孩般的怪异的笑声，那笑声令人感到毛骨悚然。

他的眼神突然从之前的怯懦变得格外凶狠，他吐了吐舌头，开始发疯般地重复着："坏兔子，坏兔子，坏兔子！坏兔子就应该被吃掉！坏兔子！坏兔子！坏兔子！坏兔子就应该被吃掉！"

我、黄朗、罗谦辰和方洋全都愣住了，面面相觑，异口同声地念出了那个恐怖的名字："爱丽丝……"

洪冠明如同小女孩一般冲着我们歪了歪脑袋，用尖尖的嗓音对我们说："你怎么知道我的名字呀？哈哈哈哈，看来你也是坏兔子！坏兔子！坏兔子！"

洪冠明精神失常，被同事强行押出了审讯室。

这时，罗谦辰对我说了句："他有人格分裂。可是……爱丽丝……"

方洋摇着头说："不可能的，这不可能的，她不可能是爱丽丝！"

我很诧异地看着方洋道："你也知道爱丽丝？"

去年的 11 月 8 日，我和黄朗接到报案，便赶往了案发现场。案发现场位于一幢别墅内，是一个叫马凯文的男人报的警，他说有人杀了他的妻子马瑞曼。

我们在别墅的卧室里找到马瑞曼的尸体，她是被人掐死的，而马凯文失踪了。

现场种种迹象表明，凶手就是马凯文本人。

案发后不久，郊区也发生了一起碎尸案，现场发现了马凯文的指纹。

马凯文自首后，和洪冠明一样，说他妻子不是他杀的，而是有人操控他的身体杀掉了自己的妻子。

我重返案发现场进行调查，在别墅卫生间天花板的隔板上，发现了马凯文的笔记本，上面记录了马凯文分裂出十重人格的全过程（详情见《马凯文的分裂笔记》)。

他每分裂出一重人格，笔记本上就会多出一种字迹。

他试图在精神世界里和这十重人格和睦相处，但很快，笔记本上多了一个完全陌生的字迹，这个字迹不属于十重人格中的任何一个。

这个血红色的字迹写着一句十分简单但令人毛骨悚然的话：我要杀了你的妻子！

马凯文确定，想要杀死他妻子的，就是他精神世界里的某一个人格，他的本格深爱着自己的妻子马瑞曼，他曾极力想要阻止妻子遇害，可最后妻子还是被掐死了。

连他自己都不知道，是哪一重人格悄悄溜出来操控他的肉体杀死了他的妻子。

我正要说，其实当时已经请罗谦辰推理出了是哪一重人格所为，但罗谦辰给了我一个眼神，示意我不要透露自己一直以来协助警方破案的事实，于是我按下不表。

方洋道："是的，这十重人格分别是：黄油猫人格、莉莉丝人格、妈妈人格、船长人格、芭蕾舞人格、寄生虫人格、哑巴人格、赌徒人格、画家人格，以及……爱丽丝人格！他脑子里的每一重人格都认为自己是一个独立的人，他们有着不同的身份、年龄、学识，甚至连思维方式和行为模式都完全不同！这是我整理的马凯文的十重人格表。"

方洋说着，从自己的公文包里将一张表格掏了出来，放在了桌面上。

第一重人格：黄油猫人格

姓名：马凯文。性别：男。年龄：28岁。职业：工业设计师。

第二重人格：莉莉丝人格

姓名：莉莉丝。性别：女。年龄：15岁。职业：高中学生。

第三重人格：妈妈人格

姓名：不详。外号：妈妈。性别：女。年龄：42岁。职业：修女。

第四重人格：船长人格

姓名：不详。外号：船长。性别：男。年龄：35岁。职业：水手。

第五重人格：芭蕾舞人格

姓名：雪莉。性别：女。年龄：17岁。职业：芭蕾舞演员。

第六重人格：寄生虫人格

姓名：不详。外号：寄生虫。性别：不详。年龄：不详。职业：不详。

第七重人格：哑巴人格

姓名：不详。外号：哑巴。性别：男。年龄:22岁。职业：手语教师。

第八重人格：赌徒人格

姓名：杰克。外号：赌徒。性别：男。年龄:33岁。职业：赌徒。

第九重人格：画家人格

姓名：刘易斯。性别：男。年龄：40岁。职业：画家。

第十重人格：爱丽丝人格

姓名：爱丽丝。性别：女。年龄：10岁。职业：无。

我很诧异，问方洋道："你为什么会知道这么多？"

方洋深吸了一口气道："因为我采访过马凯文的主治医生郭跃明，郭医生向我提供了对马凯文每一重人格的详细的诊疗报告。"

我道："我们能看看这些诊疗报告吗？"

方洋道："我手机上有，发给你们。"

随后，方洋把10份报告材料发给了我们。

第一重人格：黄油猫人格

姓名：马凯文。性别：男。年龄：28岁。职业：工业设计师。

临床表现：对事物的妄想到了极端扭曲的地步，幻想自己是21世纪最伟大的发明家，号称自己发明了“永动机”。最终，病情越发恶劣，幻想自己是一只猫。

首先，我肯定是个天才，这点毋庸置疑。当然，天才的想法总是不为常人所理解。如果常人都能理解天才的想法，那么天才又怎能被称作天才呢？

你们之所以把我关在这里，关在这家精神病医院里，分明就是嫉妒我的才华。毕竟，我就像是一个造物者，创造了九个同伴。没错，我实在是太寂寞了，于是就把他们创造出来陪我。

每天晚上睡着之后，我们十个人便会围在一张桌子前，开圆桌会议，决定明天由哪一个人格出现。当然，除非特殊情况，大多数时候，我们都是抽签决定的。这是我们一致认为最为公平公正的方法。

哦，当然你会问，我们晚上住哪儿。

我们每个人都有自己的房间，我们住在一座大楼里，那座大楼一共11层，除了一楼大堂没人住，其余的10层，我们每个人独揽一层。

我住在第11层，虽然我有恐高症，但没办法，这也是抽签决定的。不过习惯了之后，发现住在顶层也挺好，站得高看得远嘛。我的卧室有一扇巨大的落地窗，窗外就是大海，风景好极了，真想也邀请你们住进来体验一下。

我们约法三章，每一个人格都不允许踏入其他人格所居住的楼层，我们所有的会面，都是在一楼的公共空间内。虽然我们时常聚在一起抽烟打牌，玩杀人游戏之类的，但是玩久了也会腻，于是我便想着要养一只猫。

神说，要有猫，就有了猫。

我便创造出了一只暹罗猫，因为我喜欢这个品种的猫。不过我倒是一直没想好它的性别。也就是说，它非公非母，可公可母。其实老实说，它并不算是我的一重人格，因为它只是一只猫。

我和这只猫融洽地相处着，它实在是美丽极了，浑身上下散发出一种神秘的气息。我很高兴自己创造了这么一只猫，因为它总能令我想起我的妻子。我一直认为，我的妻子身上就具备猫一样的气质。

说到我的妻子，我至今还是没能查出究竟是哪一个该死的家伙杀掉了她，总之，那九个人都有嫌疑。我也能够隐约地意识到，有人想要害死我！这并不是被迫害妄想症，绝对不是，这是一种直觉，直觉告诉我，有人想要害死我，而那个人，就是杀掉我妻子的凶手！

唯一能让自己安全的办法，就是绝不出门。对，绝不出门。当然，今天例外，因为按照约定，我必须完成这篇作文。医生，你一定不知道，也一定很好奇，或许你并没有发现，也或许你已经发现了，其实我已经一个月没有出现了。这一个月里，我一直把自己锁在房间里，连每天晚上的圆桌会议都不去参加。

别问为什么，你一定已经猜到了。因为那个凶手，那个想要害死我的凶手，已经蠢蠢欲动了，他就要出手了，虽然我不知道他是谁，但是，我已经感觉到了危险的临近。只有把自己锁在房间里，才是最为安全的。

这一个月的时间里，我一直和我的猫待在一块儿。每天它都会和我一起睡觉，一块儿起床。

天哪，我的猫实在是太美了！

我觉得，它就是我的妻子！我要和它厮守一辈子。

就在半个月前的一个早上，我突然想吃黄油吐司，于是去冰箱里拿了一些。当我把黄油涂抹到吐司上时，我的猫也在一旁摇晃着尾巴，眼睛一眨一眨地看着我。

我看着吐司和上面的黄油，又看了看猫。突然，我想到了以前看过的一个理论。

医生，你可能听说过这个理论，也可能从未听说。

它叫黄油猫悖论。

这个理论很有意思，它是这么说的。

将一只猫，从半空中抛下，那只猫永远都是四脚着地；而将一块黄油吐司从半空中抛下，永远都是抹了黄油的那一面着地。

如果，将黄油吐司绑在一只猫的背上，猫四脚朝下，黄油吐司抹了黄油的那一面朝上，那么，将这只黄油吐司猫从半空中抛下的时候会怎样呢？

我很好奇，你知道吗？我真的很好奇。

于是，我照着理论的步骤，将黄油吐司绑在了我的猫的背上。然后，我将它抱起，从半空中抛下。

天哪，我的猫，竟然在半空中高速地旋转了起来。

在没有任何动力的支配下，我的猫竟然如同马达一般，以身体为轴，飞速地在半空中旋转。

我感觉，自己发明了永动机！

这简直是21世纪最伟大的发明！

医生，你能给我一只猫和一片黄油吐司吗？我要让你见证这伟大的一刻！

可是，那天早上，我从睡梦中醒来的时候，发现我的猫，已经不在我的身边了。以前它都在那儿，都会蜷缩在我的臂弯里。可是那天，它却不在了。

当时我慌了，你知道吗，医生？我慌了，那一刻，我已经预料到了，有什么不好的事情发生了。

我找遍了整间屋子，都没能找到它，于是找到了外面的走廊里。我看到，我的猫，蜷缩在走廊的地板上。我立马跑了过去，却看到它身体扭曲，浑身的毛都已经奓开了，如同一条死鱼一般，一动不动。

它死了，医生！

有人杀死了它！

就是那个凶手！那个杀死我妻子的凶手！一定是他！他违背了约定，闯入了我的楼层，害死了我的猫！

那之后，我终日生活在惶恐不安当中。敌人在暗，我在明，危险仿佛就在身边，没错，我生怕哪天早上醒不过来了！如同我的妻子，如同我的猫！

我决定逃离这幢大楼。但是，从一楼出不去，因为整幢大楼都被大海环绕，我不会游泳，出去会死的。

除非，我会飞！

我突然想到了黄油猫理论。

没错，黄油猫就可以飞。虽然黄油猫只能在半空中原地旋转，无法前行，但是，只要改变黄油猫的结构，就可以产生前进的动力。其实说白了，很简单，就是在黄油猫的前端加个螺旋桨，黄油猫旋转带动螺旋桨旋转，产生风能，就可以往前飞了。

我在自己身上试验了黄油猫理论，我将一块黄油面包贴在自己的背上，黄油面朝上，然后，我爬上衣柜，俯身往下跳，结果，摔了个狗啃泥。我这才意识到，黄油猫理论只有在猫身上才能成立，在人身上是不行的。

所以，我有了一个打算，我要把自己变成一只猫，只有变成了猫，我才能从这个地方逃出去，才能避免被那个凶手干掉！

等着吧，我会成功的。

好了，他们催我了，我得回去了。我要把自己变成一只猫！

主治医生的批注：

患者的主人格，马凯文，想要把自己变成一只猫。这引起了我们的警觉。但是，我们一时间想不出应对的策略。

黄油猫理论，只是一个悖论，是一个有趣的假想。

换句话说，这是个伪科学理论，是反万有引力的。患者果真在自己的精神世界里，幻想了一个黄油猫实验，并且成功了，继而走火入魔，把自己也幻想成了黄油猫。

那之后，整整一个月的时间，我们都没有再见到马凯文人格出现。

直到5月的时候，我在对马凯文的另一重人格，莉莉丝人格（女性人格）进行测试的时候，突然发生了奇怪的现象。

一开始，我和莉莉丝人格聊得很平静，气氛很融洽，莉莉丝也对我没有任何的排斥感。

但是，大概就在那次测试进行到一半的时候，莉莉丝突然发疯般地尖叫了起来。

她不停地用指甲抓挠自己的头发，对我道："它来了！它来了！它来了！"

我问："谁来了？"

她道："我看到了一只黑猫，一只黑猫，它来了，它是来争夺主控权的！"

我问："那只猫？那只猫是？"

她没来得及回答我，我看得出，人格在发生变化。很快，莉莉丝人格不见了，取而代之的，是一个我从未见过的人格。

只见患者那瘦骨嶙峋的躯体，一瞬间弓了起来。

他的瞳仁缩得很细，仿佛发出瘆人的幽光。

突然，他发出猫一样的嘶叫声，越过桌子，将我扑倒在地，紧接着，他冲开门，夺门而逃。整个过程都是手脚并用，那逃跑的姿势如同一只慌乱的猫。

由于莉莉丝人格一直都很稳定，所以那天，我们并没有给患者套上约束服，以及任何可约束的设备，这也是为了让莉莉丝人格保持放松的状态，这对患者的人格康复有好处。可是谁都没想到的是，测试过程中却出现了前所未有的人格强制转换的情况。

最后，患者被八名强壮的护工摁倒在地，打了一针安定剂，才昏睡过去。

我们都不知道这到底是怎么回事。

不过很快，我在莉莉丝人格的自白当中，找到了一丝端倪。

莉莉丝人格再度出现的时候，我们加强了防范，把她领到康复室后，我们给她戴上了固定在桌子和地板上的手铐、脚镣。不过尽管如此，她的双手还是可以有一定的活动范围，因为，我们需要她写出自白。

这次，为了防止突发人格转换，造成危险，我们没有让她用笔，给了莉莉丝人格一台笔记本电脑，让她直接在键盘上打字。

第二重人格：莉莉丝人格

姓名：莉莉丝。性别：女。年龄:15岁。职业：高中学生。

临床表现：有某种程度的恋物癖，对事物产生幻觉，会在潜意识里将一切不具备生命的物质体拟人化，会幻想自己与某个物体交谈甚至是恋爱。

医生哥哥，人家就知道你一定很好奇，那天究竟发生了什么。那天真是好可怕好可怕的呢。我从来没见过那么凶残的猫咪，它当时朝我扑了过来，差点就把人家的脸给抓伤了。人家差点就毁容了，知道吗，医生哥哥，人家要是毁容了，就不能见人了，宁可去死了。现在想起来，还真是一阵又一阵地后怕呢。

就在昨天晚上，妈妈（指另外一重人格）回来的时候，我们一起在大堂开圆桌会议。我向大家提到了那天的遭遇，大家都表示很诧异的。因为谁也没见过那只猫，甚至都不知道这幢大楼里还有一只猫的存在。

会议上，妈妈突然看着不远处的一个空位说："马凯文已经多久没来参加过会议了？"

我们这才意识到，马凯文哥哥已经好久好久都没有来过了。

我们都不知道马凯文哥哥到底是怎么了，为什么不来参加会议，总不能是死了吧？他可是创造出我们的主人格耶，他要是死了，我们谁都不清楚会发生什么可怕的事情。

妈妈提议，派人到顶楼去看一看。

可是大家都是议论纷纷的。

因为我们早就已经约法三章过了的，每个人都不能侵犯别人的楼层。

可是妈妈却坚持要上去看一看，大家都没动，于是妈妈就自己一个人上去了。我们所有人都在圆桌前等着她。

那天我们等了好久好久，都没有看到妈妈回来，于是大家就都散了，各自回自己的楼层睡觉去了。

我的楼层是5楼，一个人住那么大一层，还真是有些害怕的呢。尤其人家还只是一个小女生，一到晚上就感觉很害怕。尤其是那天的事情之后，人家一闭眼，就能看见那只黑猫朝人家扑过来，把人家的脸都抓烂了，鲜血淋漓的。

不过还好，有我的枕头哥哥陪着我，枕头哥哥每天晚上都给人家讲睡前故事，讲着讲着人家就睡着了。

第二天晚上，圆桌会议上，少了两个人，一个是马凯文，另外一个竟然是妈妈。

妈妈是会议的议长，她从来都不会缺席的呀。她要是缺席了，圆桌会议都不知道该怎么进行下去了。

那天的会议，因为妈妈的缺席，没能进行，所以没有人抽签决定第二天谁获得肉体的主控权。

第三天晚上，圆桌会议上，妈妈终于姗姗来迟。

我们所有人都问妈妈，问她那天究竟有没有去顶楼。

那天妈妈的脸色看上去很不好，以前都是很精神很有气质的，可是那天晚上的妈妈却看上去憔悴了不少。

妈妈沉默了半晌，然后默默地点了点头。

我们都很焦急，问她看到马凯文了没有，马凯文还好吗。

妈妈的脸色变得越发难看了，真的，当时，大家在问到这个问题的时候，人家看到妈妈的整张脸都青了呢。她满头大汗的样子，把我们都吓得不轻。

我们问妈妈到底看到了什么。

妈妈再度陷入了沉默。

许久之后，她终于开口道："我看到了可怕的东西！"

可是，我们一再追问，她都不愿意告诉我们，那个可怕的东西究竟是什么。

谁也不敢到顶楼去一探究竟。

好了医生哥哥，人家知道的都告诉你啦，就写这么多啦。

对了，医生哥哥，这台笔记本电脑可不可以送给人家呀？人家一边打字，一边和他聊天，聊得可开心啦，我觉得我已经和他成为朋友啦。

主治医生的批注：

莉莉丝人格说，有一天晚上因为妈妈的缺席，圆桌会议没能进行下去，便没能抽签决定出第二天出现的人格。

的确，我记得患者确实有过昏睡一整天的情况。

根据种种迹象，我猜测，11 楼里，马凯文的人格很有可能变成了一只猫。

但是，在莉莉丝的描述中，妈妈的惊恐程度，可远远不像是看到了一只猫那么简单。

妈妈口中的那个可怕的东西，究竟会是什么呢？

第三重人格：妈妈人格

姓名：不详。外号：妈妈。性别：女。年龄:42 岁。职业：修女。

临床表现：幻想自己能够与神对话。

我不知道你们是否相信这个世界上有神，这并不是一个信仰问题，因为我能够明确地告诉你们，神是存在的。

我之所以这么说，是因为我亲眼见过神，还和他说过话。

你们可能会问，那么，神究竟在哪儿呢？

你们一定以为我会回答，神在天上。

可是你们又会说，我们的飞机早就已经飞上天了，可是，神在哪儿呢？

你们一定以为我会回答，神在太空里。

于是你们又会说，我们的宇宙飞船已经飞进太空了，可是，神在哪儿呢？

你们一定以为我会回答，神在另一个我们人类无法抵达的维度里。

其实，这都不是我的回答。我想要告诉你们的是，神离我们并没有那么远。他就在我们身边。

你们肯定会笑话我说，哈哈，神就在我们身边，我们怎么没看见？

哈哈，其实你们早就看见了，只不过，你们不认识神，所以你们以为自己没看见。

就像你把一个中古世纪的人拉到现代来，他看到飞机，一定不会认为那是飞机，他会以为那是一只巨大无比的钢铁怪鸟！

没错，正是这样，一切事物，都是在我们认识到它的那一刻，它对于我们来说才是存在的。

其实神可以是很多东西，比如这张桌子，比如这幢大楼，比如窗外飞过的某只蝴蝶，比如地上爬过的某只蚂蚁，都有可能是神的化身。你每天都看到、听到、接触到，只不过，你不知道他们其实是神罢了。

就像我此刻坐在你面前，写下这段话，医生，你怎么就能确定，我不是一个神呢？

我并不是来宣教的。虽然我是个修女，但是，我觉得任何宣教都是没有意义的，我只是试图让你们了解到神的存在，因为这是真相，如果你们连真相都无法相信，很抱歉，你们永远也无法领会到神意。

主治医生的批注：

妈妈人格似乎一直在回避那个问题，从头到尾，她都在宣扬神的存在，并没有对那天她所看到的“可怕的东西”提到哪怕只言片语。

妈妈人格的表现，让我感觉到了事态的严重性。

患者的主人格，马凯文，一定是出了什么大事。

但是，唯一能够为我提供线索的，只有妈妈人格，因为只有她去过所谓的 11 层。而她又对这个话题三缄其口。

所以，我一直都没能找到问题的答案。

不过，直到半个月后，“船长人格”的自白，引起了我的注意。

第四重人格：船长人格

姓名：不详。外号：船长。性别：男。年龄:35岁。职业：水手。

临床表现：幻想自己曾经出海打鱼，遇上暴风雨，从此对类似大海的开阔空间产生恐惧，有明显的旷野恐惧症。

呃……说老实话，这事儿说起来挺丢人的，我虽然是个船长，却对大海有恐惧，所以尽管有条渔船，却一直没有出过海。

马凯文一直没有出现，我们大家都很害怕。那天晚上的圆桌会议上，妈妈突然问我："船长，你那条渔船还能用吗？"

我说："当然可以，怎么啦？"

妈妈说："各位，我有一个计划。"

大家便问是什么计划。

妈妈便说："我们逃离这幢大楼吧！"

我们所有人都乱了，因为从没有人离开过这幢大楼，也没有尝试过离开，因为大楼外是一片海洋，我们不知道会在大海上遇到什么东西。

那是一种对未知的恐惧。

大家便问妈妈，该怎么离开这幢大楼。

妈妈说："船长不是有条渔船吗？我们出海！"

大家一听到"出海"两个字，都吓得没敢作声。

我说："非得出海不可吗？"

妈妈的表情变得很严肃，说："如果我们不走，11楼那个东西，会把我们全都吃掉的！”

我们全都知道，妈妈在11楼看到了可怕的东西，而那个东西极有可能与一直缺席圆桌会议的马凯文有关。

但是，妈妈始终不愿意说出，那个东西究竟是什么。

妈妈道：“总之，我们必须离开这里，不然我们可能都得死！”

我说：“要走你们走，我留下来，你知道，我以前在大海上出过事儿，我怕……”

妈妈道：“不行，这里只有你会驾船，你不能留下，必须跟我们走！”

看妈妈的态度，不像是在开玩笑，我吓得没敢继续说话，只能低着头保持沉默。

在妈妈的主持下，我们进行了一轮举手表决。结果是，九个人，有六个表示同意。票数过半，也就是说，我们必须出海。

渔船就停在大楼外的码头上。

我一走出大楼，看到大海，就感觉一阵眩晕，当即就恶心得吐了。我想回去，可是在妈妈的胁迫下，我只得上了船。

当时是深夜，我们是撞着夜色出海的，大海上一片漆黑。我在船舱里，把持着船舵，让船一直朝着某一个方向开去。

船身摇摇晃晃的，我有些作呕，不过好在外面一片漆黑，视野并不开阔，所以我的恐惧感反倒没有那么严重了。

天蒙蒙亮的时候，海面上起了很大的雾，能见度很低。

突然，白雾中出现了一道巨大的黑影。

船身猛地一颤，我知道，船撞到黑影上了。

船身开始进水，我们几个立马下了船，泅水上了岸。这时，海上的迷雾散去了。我们惊讶地发现，矗立在我们眼前的那座高大的黑影，正是我们一直居住的那幢大楼。

妈妈怀疑是我把船掉了头。我向她发誓，我一直朝着远离大楼的方向开船，根本就没有改变过方向。

可是这船，却又开了回来。

船进了水，没一会儿就沉了。

我们也失去了离开这幢大楼的唯一可能。

我知道，即便再给我们 100 条船，我们也无法离开这幢大楼。因为很明显，无论我们把船往哪个方向开，最终，都会回到原点。

主治医生的批注：

我的确被“船长人格”的描写震撼到了。他向我描述了一片永远也无法离开的意识之海，也向我描述了人格想要逃离、却最终回到原点的困境。

原来人格，也会想到逃逸。

如此看来，患者体内的每一个人格，的确都把自己当成了一个独立的个体。他们会为了活着，而做出前所未有的尝试。

如果按照笛卡尔“我思故我在”的思想，那么，患者体内的 10 个人格，都可以看作不同的人，而不是一个个单纯的人格。

我突然陷入一个伦理怪圈当中：如果，我把其中某一个人格消灭掉了，算不算是某种意义上的……杀人呢？

第五重人格：芭蕾舞人格

姓名：雪莉。性别：女。年龄：17岁。职业：芭蕾舞演员。

临床表现：严重的强迫症，喜欢做芭蕾舞的单腿直立旋转动作，每次旋转，必须转满四个小时才会停止。

医生，我就猜你一定很好奇，为啥每次我出现，都会不停地转呀转，不转够四个小时不会停下来。

你说我是强迫症，其实我真不是强迫症。

我呀，那都是被逼的。

你以为我想转呀？有个人老拿鞭子抽我呢。我不转，他就拿鞭子抽我。你要问那个拿鞭子抽我的是谁呀？

嘿嘿，当然是我男朋友啦。我男朋友可帅可帅了。你可别误会，我男朋友可不是个施虐狂，他只是个陀螺爱好者。没错，他拿我当陀螺呢。

好啦，没什么好写的啦，我男朋友又来催我啦。

哎哟，他拿鞭子抽我了呢。

好啦好啦，我要开始旋转啦！

主治医生的批注：

一开始，我以为雪莉口中的男朋友是患者体内的又一重人格。

后来，我发现，患者体内并没有出现过“雪莉男朋友”

人格。经过反复测试和观察，我最终发现，所谓的男朋友，只是雪莉这个人格幻想出来的一个不存在的人。这个人并不属于患者十大人格的任何一个。

换句话说，这个所谓的男朋友，很有可能是雪莉这个人格自行分裂出来的一个人格。

这个人格只属于雪莉，在其他人格身上不会得到体现，也不会掌握患者肉体的主控权。

人格分裂患者分裂出来的某个人格，也发生了人格分裂……

这听上去有些绕口，但事实的确如此。

这在世界精神病史上，都是非常罕见的。

雪莉并没有提到那次出海回来之后，大楼里的每一个人格都处于什么状态。很显然，她也在刻意回避这个问题。

但很快，我在“寄生虫”人格的自白当中，找到了线索。

第六重人格：寄生虫人格

姓名：不详。外号：寄生虫。性别：不详。年龄：不详。职业：不详。

临床表现：严格意义上来讲，这重人格并不能算作是患有寄生虫妄想症，因为其症状与传统的寄生虫妄想症不同，传统的寄生虫妄想症患者，会妄想自己的体内含有寄生虫，尽管经过医院检查，已经表明其身体没有感染任何寄生虫类疾病，但患者依然会怀疑自己的体内含有寄生虫，并且会有浑身发痒、发痛的生理上的并发症状。患者体内的这重人格，并不如此，实际上，他幻想自己就是一只寄生虫。

医生，其实你们搞错了，我并不是马凯文脑子里分裂出来的一重人格。我是真实存在的。

你还真别不相信，我其实是寄生在马凯文的身体里的。你可以把我理解为“寄生体”或者是“寄生虫”。

马凯文充其量只能算作是我的一个宿主罢了。我从他的身体里汲取营养，以此存活下去。

你要问我是哪种虫子，我也不知道。不过根据马凯文其他几个人格的描述，我看上去就像是一枚巨大化的行走的精子。

如果从精子的角度来讲，我应该算作男性？不过也说不好，我只是长得像精子，并不代表我真的就是精子。你可以把我想象成白色的蝌蚪，对，没错，白色的巨大蝌蚪，这样你就不会认为我的终极使命是与卵细胞结合了。

要说我是怎么进入马凯文的身体里的，我也不记得了，那时我还小，对此没什么记忆。

也就是在前几年的时候吧，我突然意识到，我能够控制马凯文了，甚至能够进入他的精神世界里。于是马凯文深信不疑地把我当成了他分裂出来的一重人格，可真没想到，就连你们这帮精神科医生也做出了这样的错误判断。真是叫人大跌眼镜。

话说，11 楼那玩意儿有那么可怕吗？我就不明白了，为什么能够把妈妈吓成那样？

出海的计划失败之后，我们算是彻底打消了离开这幢大楼的念头。本来嘛，精神世界都是封闭的，我们除了在里面待着，还能去哪儿？难不成还能逃到别人的精神世界当中去吗？真是可笑。哎，看来妈妈也有被恐惧冲昏头脑的时候。

不过前几天的一个晚上，圆桌会议结束之后，妈妈倒是把我给叫住了。散会之后，她单独和我聊。

妈妈神秘兮兮地问我："你害怕吗？"

我摇了摇头说："你都没告诉我那玩意儿是什么，我有什么好害怕的？"

妈妈道："敢去 11 楼吗？"

我迟疑了一会儿，心想，这是要拉我入虎穴呀。

我就明知故问地说："去 11 楼干吗？"

妈妈道："我们俩，去灭了那东西。"

我感觉这像是要拉着我一块儿去英勇赴死，于是道："还是算了吧。"

妈妈道："怕死啊？"

我道："嗯。"

妈妈道："如果不干掉那东西，我们都得死，你知道吗？"

我道："话说，这么多人，你怎么偏偏要找我呀？"

妈妈道："因为你不是人。"

我道："虫子怎么了？"

妈妈道："我看得出，你对 11 楼那东西没有恐惧感，所以，你和我去最合适，其他人反倒会拖我的后腿。"

我道："你总得给我几天准备的时间吧？"

妈妈道："那就周六晚上，散会之后，你和我去 11 楼，灭了那东西！"

我勉强答应了下来，不过话说今天就是周六了，说实在的，我还真有点小紧张，不过，我也真的很好奇，11楼那东西到底是什么。

主治医生的批注：

如果不出意外的话，寄生虫人格已经和妈妈一块儿去了11楼。然而，那天之后，患者就一直处在昏迷的状态。

我感到很紧张，因为我知道，可能是出事儿了。

患者的昏迷，一直持续了半个月的时间。

这段时间内，我们都很担心，患者会不会再也醒不过来，变成植物人了。

直到半个月后，患者终于醒了过来。这个醒来的，是哑巴人格。

哑巴人格不会说话，但是会写。

于是我立刻给了他纸和笔，让他把他所知道的写下来，告诉我。

第七重人格：哑巴人格

姓名：不详。外号：哑巴。性别：男。年龄:22岁。职业：手语教师。

临床表现：丧失口语能力，却能以包含中文、英文、日文、韩文、法文的五国语言，进行流畅的书写。这种精通五国文字的能力，是包括主人格在内的其他人格都不具备的。

妈妈和寄生虫失踪了！

整整半个月过去了，他俩都没有回来。我们所有人都不知道他们去了哪儿。圆桌会议，也因为妈妈的缺席，停掉了整整半个月的时间。

算下来，已经失踪了三个人了。

最开始是马凯文，然后是妈妈和寄生虫。

现在，出席圆桌会议的，只剩下七个人。

昨天晚上，妈妈还是没有回来，我们决定不等她了，于是抽签选出了新的议长——杰克。

好了，有什么问题改天问杰克去吧，我太累了，就写这么多了。

我要好好歇会儿，求你了。

主治医生的批注：

从哑巴人格的自白当中，我找到了患者昏迷半个月的原因。

因为妈妈失踪了，没有人来主持圆桌会议，所以就一直没能进行每天的人格抽选。

妈妈和寄生虫，到底去没去 11 楼呢?

又或者说，他们在 11 楼，遇到了麻烦，所以失踪了?

我心里有了一个最坏的想法：

妈妈和寄生虫这两个人格，被 11 楼那个可怕的东西，吃掉了。

第八重人格：赌徒人格

姓名：杰克。外号：赌徒。性别：男。年龄:33 岁。职业：

赌徒。

临床表现：对扑克牌产生幻觉和莫名的自信，幻想自己是“牌灵”，能够随意改变扑克牌上的数字和花案。现实中，他曾经在澳门、拉斯维加斯以及大西洋城的赌场进行豪赌，一年时间内，豪取五百万美金，后被多家赌场质疑其使用了高超的千术和算牌技巧，而将其列入赌场黑名单。

其实凡事若都那么纠结，不如大家伙儿坐下来赌一把。当然，请不要轻易和我赌，我是逢赌必胜的。

我敢打赌，妈妈和寄生虫根本就没去11楼。

不过，你要问我为什么，抱歉，我只能告诉你，这是赌博的机密，不能告诉你。

反正论赌博，谁都赢不了我，要不然你以为我是怎么从七个人当中抽签抽中议长的？

甚至，每晚圆桌会议的抽签，只要我想，我都能抽中自己获得次日的肉体掌控权。但我并不想，有时候，我还会避开。因为我被关在了这里，我根本不想出现，出现就代表是出来承受肉体的痛苦。

不过，除非你们把我给放出去，顺便给我买张机票，送我去澳门或者拉斯维加斯，我保证天天出现，泡在赌场里不出来。

医生，咱俩做个交易怎么样？

你把我放出去，你跟着我，到澳门赌一把，我保证，赚来的钱，五五分成，不出一个星期，你就可以成为百万小土豪啦，这可比你当医生赚钱来得容易多了。

你只需要每天坐在酒店房间里喝喝咖啡，看看电视，赌场的事儿，就交给我来办。

我赌博，你放心嘛。

怎么样，医生，干不干？

主治医生的批注：

从杰克这里，我依旧没能了解到妈妈和寄生虫的去向。

杰克认为，妈妈和寄生虫根本就没有去11楼。可是，我并不这么看，这次的赌博，杰克肯定输了。

因为，妈妈和寄生虫，如果不是在11楼遇到了麻烦，他们又会去哪儿呢？

第九重人格：画家人格

姓名：刘易斯。性别：男。年龄：40岁。职业：画家。

临床表现：认为自己的画作，可以预言未来。

这份文件上，没有任何文字，只有一幅画，很显然，是刘易斯画下的。

画中，一座大楼矗立在大海的正中央。

黑色海面上波涛汹涌，巨浪拍击在深灰色的大楼上，溅起白色的泡沫。

大楼一共11层，在浅褐色的天幕下，随风消残，摇摇欲坠。

主治医生的批注：

很显然，刘易斯画中的那幢大楼，极有可能就是患者精神世界当中的那幢大楼。

刘易斯似乎是在预言，那幢大楼，就要垮掉了。

第十重人格：爱丽丝人格

姓名：爱丽丝。性别：女。年龄：10 岁。职业：无。

临床表现：爱丽丝梦游仙境症。

哈哈，我又从兔子洞里钻出来啦。

这个房间，跟上次比，变得更大了呢。

咦，这张桌子怎么变小了？

哎呀，这桌子越来越小啦。

呀呀呀，不对不对，是我越来越大了。我在变大！

哎呀呀，我要变成巨人了吗？

啊！

好痛！

我的脑袋撞到天花板了，痛死我了！

主治医生的批注：

该人格患有爱丽丝梦游仙境症，会产生幻觉，一切物体在她的眼中，可能都是非常态的。

比如，她会认为房间在不断地变大，自己睡的床在不断地拉长，地板在不停地旋转，自己一会儿变成矮人，一会儿又变成巨人了。

该人格的年龄只有10岁，各方面心智并不成熟，所以，我并没有指望能够从爱丽丝这里得到任何有价值的信息。

看完马凯文入院后的诊疗记录，我意识到他的病情会更加严重的。去年的11月8日，当我们调查他的时候，他的本格还没有演变成精神异常的“黄油猫人格”，那时候马凯文的本格还只是一个深爱着妻子的正常人格。

我问方洋道：“这个马凯文现在的情况很不好啊，他的精神问题进一步恶化了！”

方洋点了点头道：“半年前，马凯文的人格在精神病院发生了进一步混乱，似乎有一个恐怖的怪物在他的精神世界里进行了一场大屠杀。”

我问：“他现在怎么样了？”

方洋道：“还处在昏迷当中。”

我深吸了一口气道：“我想我们有必要去那家精神病医院，再见一见郭跃明医生了。”

次日上午，我们将洪冠明带到了医院，医院里郭跃明医生得出了他的诊断结论，洪冠明患有DID，这种病症的中文学术名称是“分离性身份识别障碍”或“解离性身份疾患”。俗称“多重人格症”或“多重人格分裂”。

以下，统一以“多重人格症”来称呼该病症。

郭跃明医生判断出，洪冠明的精神世界里一共分裂出了两重人格，一重是他自己的本格，另一重则是一个自称爱丽丝的小女孩人格。

郭跃明医生道：“可是这个爱丽丝人格和马凯文脑子里的那个爱丽

丝人格，实在是太像了！”

我道：“洪冠明应该没见过马凯文才对，他不可能模仿出爱丽丝人格。”

郭跃明道：“即便他见过马凯文的爱丽丝人格，也不可能模仿得这么像！洪冠明没见过我，可是刚才在诊断过程中，他脑子里的那个爱丽丝，分明就是认识我的！”

方洋道：“就像是从那位十重人格患者的脑子里迁移过来的。爱丽丝搬家了，从那位患者的脑子里，搬到了洪冠明的脑子里。”

那天下午，我将洪冠明彻底托付给了郭跃明，委托郭医生对洪冠明进行精神鉴定。

之后我将洪冠明的犯罪事实材料递交给了检察院，由检察院向法院对洪冠明的杀人犯罪事实提起公诉。

这个案子，便算是以洪冠明的自首而告破了。

罗谦辰被负责看护他的警员送回了暂住的酒店，明天他就会被送回到监狱里。

黄朗提前回家了，结了婚的人就是不一样，总着急回家。

他回家前，我对他说：“这大概是我们今年最后一个案子了，都结束了，你真的不考虑明年继续干吗？”

黄朗笑了笑说：“我这不明年才离队吗？别搞得这么伤感啊老陈，又不是生离死别。”

我也笑了笑，拍了拍他的肩膀说：“明天见！”

黄朗道：“明天见。”

当天晚上 9 点半，我还在支队自己的办公室里整理文件，突然想起罗谦辰，于是就往他房间打了一通电话，但是没人接。

我又给负责看护他的三名警员打电话，也没人接，便安排一名警员上去看看。

10 分钟后，桌面上的专线电话便急促地响了起来。

电话那头，那名警员用惊恐的声音对我说："陈队，出事儿了！出大事儿了！"

我紧张地问："出什么事儿了？"

警员道："罗谦辰失踪了！"

我大喊道："什么，他不在酒店房间里吗？"

警员道："不在，人不见了！"

我提高分贝问："不是有三个人负责看护他吗？他们人呢？"

警员道："死了！全死了！"

我感觉自己的身体被无数颗子弹疯狂地扫射着，握着电话听筒的手一阵发麻。

我挂断电话，立即驱车直奔酒店，其间我给黄朗打去电话，可是他的手机一直没人接听。我用微信给黄朗留了条语音："老黄，出事儿了！罗谦辰不见了！有三名警员牺牲！快去酒店！"

可是他的微信也没有回复。

我一边开车，一边道："这个老黄！结了婚，案子也不管了！"

我将手机扔一旁，专心开车，火速抵达酒店，而后直奔罗谦辰房间所在的楼层。

房间所在楼层已经被拉起了警戒带，同事们将一整层都封锁了。

我冲进了事发房间，发现三名警员扭躺在地板上，脖子上全是血，地上扔着一支带血的钢笔。

我大口大口地喘着气，问一旁的警员道："汇报情况！"

警员说："下午 5 点，罗谦辰被送回房间，那三个弟兄负责在房间里看护他。我和另外两个弟兄在酒店的员工宿舍休息，准备凌晨顶替那三个弟兄，轮班看护罗谦辰。半个小时前，您给我打了电话，说打不通房间电话，让我上来看看，结果我一开门，就看到了这样的情形。”

我立即前往保安室调取监控，却得知他们的监控设备被人为破坏了，什么也没录下来。

我正要联系交警队的同事调取酒店周边道路监控，希望找到罗谦辰逃跑的方向，我的手机却突然响了起来，是黄朗打过来的。

我接起电话，说："老黄，你还知道打回来啊，你这结了婚都没心思办案子了吧！"

可那头响起的却不是黄朗的声音，而是一个女人的哭腔："陈队，我是黄朗的妻子，黄朗他……黄朗他……"

我紧张地问："黄朗他怎么了？"

之后，电话里只剩下黄朗妻子的哭声。

我察觉到情况不妙，立即离开酒店，直奔黄朗的家。之后的情形，无数次地出现在我的噩梦里。

黄朗倒在了客厅里，一动不动，他的胸膛插着一把水果刀，血流了一地。他的妻子在一旁哭得难以自持。

水果刀和钢笔都被送到了物证及痕迹检验中心，痕迹检验员以最快的速度提取了凶器上的指纹。

通过比对，水果刀和钢笔上全都发现了罗谦辰的指纹。

我立即打电话给方洋，把他叫来警局问话。凌晨 1 点，方洋抵达市局，我对他展开了问话。

方洋却坚持说，他不相信罗谦辰会干出这种事情。

他坚持认为，罗谦辰一定是被冤枉的，即便罗谦辰真的这么做了，也是出于某个正义的理由。

我不知道他为何如此信任罗谦辰，这到底是一种怎样的情感驱使呢?

我只能怀疑，他和罗谦辰是同伙。

于是，我们调取了方洋所在小区监控，却发现案发时间内，他一直在家里，没出过小区，从不在场证明的层面，暂时排除了他的作案嫌疑。

我去询问王局："王局，这到底是怎么一回事儿? 罗谦辰不是我们的线人吗? 现在的情况难道也是秘密计划的一部分? "

王局回复我说，这和秘密计划无关，罗谦辰的失踪完全是意外事件。

罗谦辰的出逃，震惊公安部，公安部直接下发 A 级通缉令，全国通缉罗谦辰。

王局接受了处分，被停职调查。

我也将面临中央调查组的审查。

不管对我个人的审查结果如何，我都接受，我从未对组织有过任何背叛，我作为警察的信仰永远不会动摇。

我从未想过会以这种方式和黄朗道别，也从未想过这竟然是永恒的道别。

无论我未来还是不是警察，还能否在刑警一线工作……这也都将是我记录的最后一起案件。

因为我记录这些案件的目的，是记录和黄朗并肩作战的点点滴滴。

老黄离开了，也就没有继续记录的必要了。

…………

龙敏。

程东铭。

别哲。

徐丽萍。

黄朗。

以及那些曾经一起并肩作战光荣牺牲的伙伴，我永远不会忘记你们，你们就是支撑我在警察道路上一直前行的最大动力。

我向你们致以最大的敬意！

图书在版编目（CIP）数据

疯人演绎法．完结篇 / 方洋著．-- 天津：天津人民出版社，2023.1（2024.4 重印）
ISBN 978-7-201-18928-4

Ⅰ．①疯… Ⅱ．①方… Ⅲ．①长篇小说—中国—当代 Ⅳ．① I247.5

中国版本图书馆 CIP 数据核字 (2022) 第 199103 号

疯人演绎法．完结篇
FENGREN YANYI FA. WANJIE PIAN

出　　版　天津人民出版社
出 版 人　刘锦泉
地　　址　天津市和平区西康路 35 号康岳大厦
邮政编码　300051
邮购电话　（022）23332469
电子邮箱　reader@tjrmcbs.com

责任编辑　伍绍东
特约编辑　曹　岩
封面设计　SUA DESIGN suadesign.zcool.com.cn

印　　刷　北京联兴盛业印刷股份有限公司
经　　销　新华书店
开　　本　880 毫米 ×1230 毫米　1 /32
印　　张　8.25
插　　页　4
字　　数　190 千字
版次印次　2023 年 1 月第 1 版　2024 年 4 月第 3 次印刷
定　　价　45.00 元